EL JUGADOR

(DIARIO DE UN JOVEN)

ALMA CLÁSICOS ILUSTRADOS

EL JUGADOR

(DIARIO DE UN JOVEN)

FIÓDOR DOSTOYEVSKI

Traducción de Rafael Torres

Ilustrado por Ignasi Blanch

Título original: Игрок (Из записок молодого человека)

© de esta edición:
Editorial Alma
Anders Producciones S.L., 2021
www.editorialalma.com

⊙ @almaeditorial
🅵 @Almaeditorial

© de la traducción: Rafael Torres
Traducción cedida por Editorial Sexto Piso, S. L.

© de las ilustraciones: Ignasi Blanch

Diseño de la colección: lookatcia.com
Diseño de cubierta: lookatcia.com
Maquetación y revisión: LocTeam, S.L.

ISBN: 978-84-18395-12-3
Depósito legal: B13401-2021

Impreso en España
Printed in Spain

Este libro contiene papel de color natural de alta calidad que no amarillea (deterioro por oxidación) con el paso del tiempo y proviene de bosques gestionados de manera sostenible.

ÍNDICE

CAPÍTULO I

POR FIN he regresado después de una ausencia de dos semanas. El resto de la familia lleva ya tres días en Ruletemburgo. Pensaba que me recibirían a lo grande, pero estaba equivocado. El general me ha mirado con desdén y, condescendiente, me ha mandado donde su hermana. Era evidente que habían pedido dinero prestado en algún sitio. Incluso me ha dado la impresión de que el general me miraba con cierto embarazo. María Filípovna estaba ocupadísima y apenas ha hablado conmigo, aunque ha cogido el dinero, lo ha contado y ha escuchado mi informe de principio a fin. Para el almuerzo esperaban a Mezentsov, a un francesito y a no sé qué inglés. Como de costumbre, en cuanto hay dinero se organiza un banquete a la moscovita. Polina Alexándrovna, nada más verme, me ha preguntado por qué había tardado tanto y, sin esperar respuesta, se ha ido. Es evidente que lo ha hecho a propósito. Pero ella y yo tenemos que aclarar ciertas cosas que se han ido acumulando.

Me condujeron a una habitación pequeña en el cuarto piso del hotel. Aquí todos saben que pertenezco al *séquito del general*. Es evidente que han tenido tiempo de darse a conocer. Todo el mundo parece creer que el general es un alto dignatario ruso muy rico. Antes de la comida, entre otros encargos, se las ha arreglado para darme dos billetes de mil francos con el encargo de cambiarlos, cosa que hice en la oficina de cambio del hotel. Ahora nos tomarán por millonarios, al menos durante una semana. Estaba a punto de ir a recoger a Misha y a Nadia para salir a dar un paseo, cuando me llamaron desde la escalera para que fuera a ver al general. Le había parecido oportuno preguntarme adónde los llevaba. Es evidente que este hombre es incapaz de mirarme directamente a los ojos. Le encantaría, pero cada vez que lo intenta yo le devuelvo una mirada tan intensa, en suma, tan irreverente, que parece quedarse turbado. Me ha dado a entender, montando con grandilocuencia una frase sobre otra hasta hacerse un completo embrollo, que podía ir a pasear con los niños al parque, pero lo más lejos posible del casino. Terminó enfadándose y añadió bruscamente:

—Si no, puede que acabe llevándolos al casino, a la ruleta. Usted me perdonará —añadió—, pero sé que sigue siendo bastante cabeza loca y es capaz de ponerse a jugar. Sea como fuere no soy su tutor y no tengo intención de arrogarme semejante cargo, pero tengo derecho, por así decirlo, a pedirle que no me ponga en un compromiso...

—Pero si ni siquiera tengo dinero —respondí con calma—. Para jugar hace falta tener dinero.

—Le pagaré inmediatamente —respondió el general y, ruborizándose ligeramente, hurgó en su escritorio, comprobó su libreta y llegó a la conclusión de que me debían casi ciento veinte rublos.

—¿Cómo hacemos las cuentas? —comentó—. Hay que pasarlo a táleros. Tome cien táleros, redondeando, no me olvidaré del resto.

Tomé el dinero en silencio.

—No se ofenda por lo que le he dicho, por favor, es usted tan susceptible... Si le he hecho esa observación ha sido, en cierto modo, para prevenirle, y por supuesto estoy en mi completo derecho...

De regreso al hotel con los niños para la comida, me crucé con una auténtica comitiva. Nuestro grupo se dirigía a visitar unas ruinas. ¡Dos maravillosos coches de caballos con unas monturas excelentes! En uno de los coches iba *mademoiselle* Blanche con María Filípovna y Polina. El francesito, el inglés y el general iban a caballo. Los transeúntes se detenían a

mirar. El resultado era realmente impresionante, aunque al general iba a salirle muy caro. Calculé que entre los cuatro mil francos que yo había traído y los que habían conseguido ellos, ahora mismo tendrían siete u ocho mil francos. Era una cantidad demasiado pequeña para *mademoiselle* Blanche.

Mademoiselle Blanche se hospeda en nuestro hotel con su madre, y nuestro francesito también anda por aquí. Los sirvientes lo llaman *monsieur le comte* y a la madre de *mademoiselle* Blanche, *madame la comtesse*. Y quién sabe, puede que de hecho sean *comte et comtesse*.

Yo sabía que *monsieur le comte* no me reconocería cuando nos viéramos a la mesa. Al general, por supuesto, ni se le pasó por la cabeza presentarnos, o mencionarme siquiera, puesto que *monsieur le comte* ha estado en Rusia y sabe que lo que allí se conoce como un *outchitel*[1] es poca cosa. Por otro lado, me conoce de sobra. Confieso que me presenté en la comida sin haber sido invitado. Al parecer, el general se había olvidado de dar instrucciones, si no probablemente me hubiera mandado a comer a la *table d'hôte*.[2] Cuando aparecí, pues, el general me miró con desagrado. La buena de María Filípovna me indicó inmediatamente un asiento. El encuentro con *mister* Astley salvó la situación y, sin querer, entré a formar parte de su grupo.

La primera vez que me crucé con este inglés excéntrico fue en Prusia, en un vagón en el que viajábamos uno frente al otro, cuando me disponía a encontrarme con la familia del general. Más tarde me volví a cruzar con él entrando en Francia y, por último, en Suiza. Dos veces en dos semanas y ahora volvía a encontrármelo aquí, en Ruletemburgo. Nunca en mi vida he conocido a un hombre tan tímido. Es tímido hasta un límite absurdo y, por supuesto, es consciente de ello, porque no tiene un pelo de tonto. Pero es una persona muy calmada y amable. Fui yo quien inició la conversación en nuestro primer encuentro en Prusia. Me contó que ese verano había estado en el cabo Norte y lo mucho que le apetecía ir a la feria de Nizhni Nóvgorod. No sé cómo conoció al general. Creo que está perdidamente enamorado de Polina. Cuando esta entró, se encendió como una tea. Se alegró

---

1   Profesor. [Esta y todas las notas siguientes son del traductor].
2   En francés en el original: Mesa común.

mucho de que yo me sentara junto a él a la mesa y parece como si me considerara un amigo íntimo.

A la mesa, el francesito se pavoneaba de una forma increíble. Se dirigía a todos con un tono de superioridad y desdén, aunque en Moscú no recuerdo que hiciera otra cosa que rascarse la barriga. No paraba de hablar de economía y política rusa. El general de vez en cuando encontraba valor para contradecirlo, pero con modestia, solo lo justo para que su autoridad no quedara en entredicho.

Yo estaba de un humor extraño y a mitad de la comida ya me había hecho la misma pregunta de siempre: ¿por qué sigo perdiendo el tiempo con este general? ¿Por qué no lo he abandonado ya? De cuando en cuando lanzaba una mirada a Polina Alexándrovna. Ella ni siquiera reparaba en mí. El resultado fue que me enfadé y decidí empezar a decir groserías.

De pronto, sin venir a cuento, en voz alta y sin que nadie me lo pidiera, me entrometí en una conversación ajena. De lo que tenía ganas en realidad era de reñir con el francesito. Sin previo aviso, y al parecer interrumpiéndolo, me dirigí al general y en voz alta y clara le señalé que ese verano los rusos prácticamente tenían prohibido comer en la *table d'hôte* de los hoteles. El general me miró con asombro.

—Si uno tiene un poco de amor propio —continué—, no puede evitar los altercados y se ve obligado a soportar afrentas extraordinarias. En París, por el Rin e incluso en Suiza, hay tantos polaquillos a la *table d'hôte* y franchutes que simpatizan con ellos, que si eres ruso resulta imposible decir palabra.

Dije todo esto en francés. El general me miraba perplejo, sin saber si enfadarse ante mi salida de tono o quedarse únicamente sorprendido.

—Eso quiere decir que alguien, en algún lugar, le ha dado una lección —dijo el francés con ligereza y desdén.

—En París discutí primero con un polaco —le respondí—, y después con un oficial francés que se puso de parte del polaco. Más tarde, cuando les expliqué cómo había estado a punto de escupir en el café de un monseñor, una parte de los franceses se puso de la mía.

—¿Escupir? —preguntó el general con digna perplejidad, echando incluso una mirada a su alrededor. El francés me miró con incredulidad.

—Lo que oye —respondí—. Como durante dos días enteros estuve convencido de que, para resolver sus asuntos, tendría que hacer una rápida visita a Roma, me dirigí a la oficina de la embajada del santo padre en París con el fin de obtener un visado para mi pasaporte. Allí me encontré con un cleriguillo de unos cincuenta años, seco y con cara de pocos amigos, quien, después de escucharme, me pidió cortésmente, aunque con una frialdad extrema, que esperase. Aunque tenía prisa, me senté a esperar, por supuesto; saqué la *Opinion nationale* y comencé a leer una terrible diatriba contra Rusia. Mientras me encontraba allí oí cómo alguien pasaba a ver a monseñor por la habitación contigua. Vi que mi clérigo se despedía. Me dirigí a él y le reiteré mi solicitud. En un tono aún más seco me pidió de nuevo que esperase. Pasado un tiempo entró otro desconocido para resolver algún asunto, un austríaco, creo, que fue recibido y conducido al piso de arriba inmediatamente. Ya no pude contener mi enfado. Me levanté, me acerqué al clérigo y le dije con firmeza que, ya que monseñor estaba recibiendo, bien podía solucionar mi asunto. El clérigo se apartó al instante de mí, tremendamente sorprendido. No lograba comprender cómo un insignificante ruso podía atreverse a compararse con los invitados de monseñor. Con el tono más insolente posible, como alegrándose de poder ofenderme, me miró de la cabeza a los pies y me gritó: «¿Acaso piensa usted que monseñor va a dejar de tomar su café por usted?». Yo le contesté con un grito aún más fuerte que el suyo: «¡Pues sepa que escupo en el café de su monseñor! ¡Si no arregla ahora mismo lo de mi pasaporte, yo mismo iré a verlo!». «¡Cómo! ¡Ahora mismo está con el cardenal!», comenzó a gritar el abad lanzándose aterrado hacia la puerta y extendiendo las manos en cruz, como dándome a entender que antes prefería morir que dejarme pasar. Le respondí que yo era un hereje y un bárbaro, *«que je suis hérétique et barbare»*, y que a mí todos esos arzobispos, cardenales, monseñores... me daban igual. En resumidas cuentas, le di a entender que no me echaría atrás. El clérigo me miró con una cólera infinita, me arrancó el pasaporte de las manos y se lo llevó al piso superior. Un minuto después ya tenía el visado. Aquí está, ¿no quieren verlo? —Saqué mi pasaporte y les mostré mi visado romano.

—Pero bueno, hay que... —comenzó a decir el general.

—Se salvó gracias a que se declaró un bárbaro y un hereje —señaló el francés con una sonrisa—. *Cela n'était pas si bête.*[3]

—¿Acaso debemos tomar como ejemplo a nuestros compatriotas? Vienen aquí, sin atreverse a chistar y dispuestos a renegar de sus orígenes. Por lo menos en París, en mi hotel, cuando le conté a todos mi discusión con el clérigo, empezaron a tratarme con mucho más respeto. Un *pan*[4] polaco gordo, la persona que mostraba más hostilidad hacia mí en toda la *table d'hôte,* quedó relegado a un segundo plano. Los franceses incluso soportaron que contara cómo hace dos años conocí a una persona a la que un *jäger*[5] francés había disparado, en 1812, tan solo para descargar su arma. Esa persona por aquel entonces no era más que un niño de diez años y su familia no había podido salir de Moscú.

—Eso es imposible —saltó el francesito—, ¡un soldado francés no dispararía nunca a un niño!

—Y sin embargo, así fue —respondí—. Me lo contó un respetable capitán de reserva y yo mismo pude ver la cicatriz que le quedó en la mejilla.

El francés comenzó a hablar sin parar, a toda prisa. El general estaba a punto de salir en su ayuda cuando le recomendé que al menos leyera algún que otro fragmento, por ejemplo, de los *Apuntes* del general Perovski, que fue prisionero de los franceses en 1812. Llegados a este punto, María Filípovna cambió de tema para poner punto final a la conversación. El general estaba muy molesto conmigo porque el francés y yo casi habíamos comenzado a gritar. Pero *mister* Astley parecía encantado con nuestra discusión. Cuando nos levantamos de la mesa me propuso beber con él una copa de vino. Por la tarde, como era menester, conseguí hablar un cuarto de hora con Polina Alexándrovna. Nuestra conversación tuvo lugar durante el paseo. Todos se fueron al parque en dirección al casino. Polina se sentó en un banco frente a la fuente y dejó que Nadenka jugara cerca de ella con los otros niños. Yo también dejé a Misha junto a la fuente y finalmente nos quedamos solos los dos. Lo primero, por supuesto, fue hablar de negocios.

---

3   En francés en el original: No está mal pensado.
4   En polaco en el original: Señor.
5   Cuerpo de los ejércitos de la época compuesto por pequeñas partidas de cazadores.

Cuando solo le entregué setecientos *gulden,* Polina se enfadó. Estaba convencida de que empeñando sus brillantes en París yo habría podido conseguirle por lo menos dos mil *gulden* o incluso más.

—Necesito dinero sea como sea —dijo—, y tengo que conseguirlo. Si no, estoy perdida.

Le pregunté qué había sucedido en mi ausencia.

—Pues poca cosa aparte de dos noticias que recibimos de Petersburgo: la primera, que la abuela estaba muy mal y, dos días después, que al parecer había muerto. Estas noticias nos las trajo Timofei Petrovich —añadió Polina—, que es hombre de fiar. Estamos a la espera de que nos confirmen la noticia.

—¿Así que todo el mundo está a la espera? —pregunté.

—Por supuesto. Absolutamente todos. Llevamos medio año que no esperamos otra cosa.

—¿Usted también? —pregunté.

—¡Pero si yo no soy pariente directa, tan solo soy la hijastra del general! Aunque estoy convencida de que se acordará de mí en el testamento.

—Creo que le dejará mucho —dije con énfasis.

—Sí, ella me quería. Pero ¿por qué tiene *usted* esa impresión?

—Dígame —le respondí con una pregunta—: nuestro marqués está al tanto de todos los secretos familiares, ¿no?

—¿Y a usted por qué le interesa eso? —preguntó Polina dirigiéndome una mirada seca y dura.

—Bueno, si no me equivoco el general se las ha arreglado para pedirle dinero prestado.

—Ha acertado de pleno.

—Pero ¿le habría prestado el dinero si no supiera de la abuelita? Se ha dado cuenta de cómo se refirió tres veces a la abuela como «abuelita» mientras estábamos a la mesa? La *babulinka.*[6] ¡Qué relación tan íntima y cercana!

—Sí, tiene usted razón. En cuanto sepa si yo también voy a recibir parte de la herencia, me pedirá la mano. ¿Es eso lo que quería saber?

—¿Solo le pedirá la mano en ese caso? Yo pensaba que hacía tiempo que se la había pedido.

---

6   Abuelita.

—¡Sabe perfectamente que no! —dijo Polina irritada—. ¿Dónde conoció usted a ese inglés? —añadió después de un minuto de silencio.

—Sabía que me preguntaría por él.

Le relaté mis encuentros previos con *mister* Astley durante mi viaje.

—Es tímido y enamoradizo y, por supuesto, está enamorado de usted.

—Sí, está enamorado de mí —contestó Polina.

—Y, claro, es diez veces más rico que el francés. Pero ¿realmente cree que el francés tiene algo? ¿No está bajo sospecha?

—No, no lo está. Tiene un *château* o algo por el estilo. Ayer mismo el general me lo confirmó sin lugar a dudas. ¿Qué? ¿Ya está usted satisfecho?

—Yo, en su lugar, me casaría inmediatamente con el inglés.

—¿Por qué? —preguntó Polina.

—El francés es más guapo, pero es un granuja; sin embargo, el inglés, además de ser honrado, es mil veces más rico —le solté con brusquedad.

—Sí, pero el francés es marqués y más inteligente —respondió ella con la mayor tranquilidad del mundo.

—¿De veras? —continué yo sin alterarme.

—Como lo oye.

A Polina no le gustaban nada mis preguntas y me di cuenta de que pretendía enfadarme con el tono y la brutalidad de sus respuestas. Se lo dije al instante.

—Lo cierto es que sí que me divierte verle rabiar. Aunque solo sea por hacerle pagar su descaro al atreverse a hacerme ese tipo de preguntas e insinuaciones.

—Al contrario, considero que tengo todo el derecho a hacerle cualquier tipo de pregunta —contesté tranquilamente—, porque estoy dispuesto a pagar por ello y no le doy ahora mismo ningún valor a mi vida.

Polina se echó a reír.

—La última vez, en Schlangenberg, me dijo usted que, a una palabra mía, estaba dispuesto a tirarse de cabeza y, por lo que dicen, allí hay algo menos de trescientos metros. Algún día pronunciaré esa palabra tan solo para ver cómo hace honor a su promesa, y puede estar seguro de que no me echaré atrás. Le odio justamente por haberle permitido tantas licencias y

aún le odio más por resultarme tan necesario. Pero mientras le necesite, tengo que mantenerle a salvo.

Se puso en pie. Hablaba con irritación. Últimamente nuestras conversaciones siempre terminaban con rabia y furia, con auténtica furia.

—Permítame preguntarle, ¿quién es *mademoiselle* Blanche? —dije, no queriendo despedirme de ella sin obtener una explicación.

—Sabe perfectamente quién es *mademoiselle* Blanche. Nada ha cambiado desde la última vez. *Mademoiselle* Blanche probablemente se convertirá en la esposa del general, eso si los rumores de la muerte de la abuela se confirman, por supuesto, porque tanto *mademoiselle* Blanche como su madre y su *cousin* en tercer grado, el marqués, saben perfectamente que estamos arruinados.

—Y el general está perdidamente enamorado, ¿no?

—Eso ahora no tiene importancia. Escuche atentamente: tome estos setecientos florines y vaya a jugar, gane a la ruleta todo cuanto pueda por mí. Ahora mismo necesito dinero como sea.

Dicho lo cual, llamó a Nadenka y se dirigió al casino, donde se unió al resto del grupo. Yo, pensativo y perplejo, tomé el primer camino que encontré a la izquierda. Desde el mismo instante en que me había ordenado ir a la ruleta, sentía como si la cabeza me diera vueltas. Era extraño. Tenía muchas cosas sobre las que reflexionar y sin embargo me lancé a analizar los sentimientos que Polina provocaba en mí. Cierto era que durante esas dos semanas que había estado fuera me había encontrado mejor que ahora, que estaba de vuelta, aunque todo el camino anduve loco de tristeza, me agitaba como un poseso y se me aparecía constantemente en sueños. Una vez (esto sucedió en Suiza), me quedé dormido en un vagón y, al parecer, hablé en voz alta con Polina, lo que provocó la risa de todos los viajeros. Y una vez más me hice la pregunta «¿La amo?». Y de nuevo fui incapaz de responder o, mejor dicho, por enésima vez mi respuesta fue «La odio». Sí, me resultaba odiosa. Había momentos (especialmente cada vez que terminaba una de nuestras conversaciones) ¡en los que daría la vida por estrangularla! Juro que si hubiera podido hundirle un cuchillo lentamente en el pecho, lo habría hecho con placer. Y al mismo tiempo, juro por lo más sagrado que

si en Schlangenberg, en aquella cima que estaba tan de moda, me hubiera dicho «Tírese», me hubiera lanzado al vacío en ese mismo instante, incluso con gusto. No tenía ninguna duda. Aquello tenía que resolverse de una manera o de otra. Ella entiende todo esto perfectamente y estoy convencido de que el hecho de que yo admita abiertamente y sin ambages que es inaccesible para mí, que resulta imposible que se cumplan mis fantasías, esa sola idea, estoy convencido, le proporciona un extremo placer. ¿Acaso podría si no, tan prudente y sensata como es, establecer conmigo una relación tan cercana y sincera? Creo que me sigue viendo como una de esas antiguas emperatrices, que se desnudaban delante de los esclavos porque no los consideraban personas. Sí, en muchas ocasiones no me consideraba una persona...

Sin embargo me había hecho un encargo: ganar a la ruleta fuera como fuera. No tenía tiempo para pensar por qué había tanta prisa o qué se le había ocurrido a esa cabeza que no podía dejar de pensar. Era evidente además que en esas dos semanas habían aparecido nuevos elementos acerca de los cuales yo no sabía nada. Era preciso que hiciera averiguaciones, tenía que desentrañarlo todo y cuanto antes, mejor. Pero de momento no había tiempo. Tenía que ir a la ruleta.

CAPÍTULO II

DEBO reconocer que no me sentía nada a gusto. Yo ya había decidido que iba a jugar, pero no tenía ninguna intención de jugar para otra gente. Es más, me sacaba de quicio, y entré en la sala de juego con una sensación muy fastidiosa. No me gustó nada de lo que vi al entrar. No soporto ese servilismo que está presente en las crónicas de todo el mundo, pero especialmente en las de nuestros periódicos rusos, donde todas las primaveras nuestros escritores hablan solo de dos cosas: del increíble esplendor y lujo de las salas de juego de las «ciudades de la ruleta» del Rin y de los montones de oro que, según ellos, había sobre las mesas. Ni siquiera les pagan por decir esto. Únicamente lo dicen por obsequiosidad. No hay nada de grandioso en estas inmundas salas y no solo no se ven montones de oro sobre las mesas, sino que apenas se ve ninguno. Por supuesto, de vez en cuando aparece a lo largo de la temporada algún personaje extravagante, algún inglés, asiático o turco, como este verano, que pierde o gana en un instante una enorme cantidad. El resto juega unos pocos *gulden* y por lo general sobre la mesa suele haber poco dinero. Cuando entré en la sala de juego (era la primera vez en mi vida), no me decidí a apostar durante un buen rato. El lugar estaba repleto de gente, pero, aunque hubiera estado solo, creo que lo más

probable es que me hubiera dado la vuelta y me hubiera marchado sin jugar. He de reconocer que me palpitaba el corazón y que estaba intranquilo. Probablemente sabía —y hacía tiempo que lo había decidido— que no saldría de Ruletemburgo, que con toda seguridad mi destino iba a cambiar de forma radical y definitiva. Así debía ser y así sería. Puede que resulte ridículo que esperara tanto de la ruleta, pero me parece aún más ridícula la opinión generalizada de que es estúpido y absurdo confiar en el juego. ¿Por qué el juego es peor que cualquier otra forma, como por ejemplo los negocios, de obtener dinero? Cierto es que solo gana uno de cada cien. Pero ¿qué me importa eso a mí?

En cualquier caso, decidí que era mejor observar primero y no hacer ningún movimiento serio esa tarde. Cualquier cosa que sucediera ese día sería de improviso, sin premeditación. Pero para eso primero tenía que aprender el juego en sí, porque, a pesar de las miles de descripciones que había leído siempre con tanta avidez, lo cierto es que no llegué a comprender del todo el funcionamiento de la ruleta hasta que no lo vi con mis propios ojos.

Mi primera impresión fue que todo era muy sucio, sucio y malsano, en cierto modo, desde el punto de vista moral. No me refiero en absoluto a esos rostros inquietos y ansiosos que se apelotonan alrededor de las mesas de juego por decenas e incluso por centenas. Francamente, no veo nada sucio en el deseo de ganar todo el dinero que se pueda en el menor tiempo posible. Siempre me ha parecido una estupidez la respuesta que le dio aquel moralista bien comido y acomodado a alguien que se justificaba diciendo que jugaba, «pero cantidades pequeñas»: «Peor aún, porque las ganancias serán pequeñas». Evidentemente, no es lo mismo ganar mucho que ganar poco. Todo depende de la proporción. Lo que para Rothschild es poco dinero, para mí es una fortuna, y si hablamos de beneficios y ganancias, la gente, no solo en la ruleta, sino en cualquier otro ámbito de la vida, intenta arrebatarle o sacarle cualquier cosa a los demás. Otra cuestión sería ya si esos beneficios y ganancias son indignos. Una cuestión que no voy a resolver aquí. Como en mí se imponía con fuerza ese deseo de ganar, al entrar en la sala, toda esta avaricia, toda esta inmundicia avariciosa si lo prefieren, me pareció de algún modo agradable e incluso entrañable. Me

agrada enormemente que la gente no se ande con ceremonias y actúe de forma abierta y sincera. ¿Y por qué engañarse a uno mismo? ¡Es lo más vacío y menos práctico que se puede hacer! Lo que resultaba más desagradable a primera vista de toda esa chusma de jugadores de ruleta era el respeto que tenían por el juego, la seriedad e incluso veneración con que rodeaban las mesas. Esa es la razón por la que se distingue entre el juego que se considera *mauvais genre*[7] y el que se le está permitido a un hombre honrado. Hay dos tipos de juego: uno el de caballeros, y otro, avaricioso, el de la plebe, el juego de los canallas. Aquí se puede ver claramente la diferencia y ¡qué infame es esa diferencia! Un caballero, por ejemplo, puede apostar cinco o diez luises de oro, pocas veces apuesta más, de hecho puede poner hasta mil francos, si es muy rico, pero en realidad lo hace por jugar, por diversión, tan solo para ver si gana o pierde. Pero por nada del mundo puede mostrar interés por sus ganancias. Si gana puede reírse en voz alta, por ejemplo, hacer algún comentario de cara a la galería, puede incluso apostar de nuevo o doblar la apuesta, pero únicamente por curiosidad, para comprobar sus probabilidades, para hacer cálculos, nunca por el plebeyo deseo de ganar. En otras palabras, tiene la obligación de considerar todas estas mesas de juego —la ruleta, el *trente et quarante*— como un divertimento creado exclusivamente para su placer. No debe ni siquiera sospechar la avaricia y las trampas sobre las que se fundamenta y ha sido creada la banca. No estaría mal si creyera, por ejemplo, que todos los demás jugadores, toda esa basura que tiembla por unos *gulden,* son exactamente igual de ricos y caballerosos que él y que juegan únicamente por placer y diversión. Esa mirada inocente sobre los demás y ese desconocimiento absoluto de la realidad resultan, por supuesto, extraordinariamente aristocráticos. He visto a madres empujar a sus inocentes y delicadas hijas de quince y dieciséis años, darles unas monedas de oro y enseñarles a jugar. Ganara o perdiera, la dama sonreía indefectiblemente y se alejaba muy satisfecha. En un momento dado, nuestro general se acercó a la mesa con aire serio y circunspecto. Un sirviente se apresuró a acercarle una silla, pero él ni siquiera reparó en ello. Lentamente sacó su monedero y, con

---

7   En francés en el original: De mal gusto.

calma, cogió trescientos francos de oro del mismo, los apostó al negro y ganó. No retiró las ganancias sino que las dejó sobre la mesa. Salió negro de nuevo. Volvió a dejarlo sobre la mesa y, cuando a la tercera salió rojo, perdió de una vez mil doscientos francos. Se alejó con una sonrisa manteniendo la compostura. Estoy convencido de que por dentro se lo llevaban los demonios y que, de haber sido la apuesta el doble o el triple, no habría mantenido el tipo y habría dado rienda suelta a sus emociones. También vi cómo un francés, delante de mí, ganó y después perdió unos treinta mil francos con alegría y sin alterarse lo más mínimo. Un auténtico caballero no debe alterarse ni aunque pierda todas sus posesiones. El dinero para un caballero está tan por debajo de su condición que no es digno de preocupación. Resulta muy aristocrático, por supuesto, no fijarse en toda la podredumbre de esta gentuza y de todo el entorno. Sin embargo, a veces no es menos aristocrático el camino opuesto, es decir, observar, por no decir quedarse mirando fijamente e incluso examinar de arriba a abajo con impertinentes, por ejemplo, a toda esta gentuza. Pero eso sí, considerando toda esa morralla e inmundicia como una distracción, como una representación escenificada para su solaz. Uno puede caminar entre la gente y mirar a su alrededor absolutamente convencido de no ser más que un observador y de no formar parte del grupo en absoluto. Por otro lado, no se debe mirar demasiado fijamente. Eso tampoco sería propio de un caballero y, en cualquier caso, es un espectáculo que no merece demasiado tiempo o atención por su parte. Y es bien sabido que pocos son los espectáculos que merecen la atención de un caballero. Sin embargo, me parecía que todo esto era digno de un atento examen, especialmente para quien no venía tan solo a mirar, sino que se consideraba sincera y conscientemente parte de esa chusma. Huelga decir que mis convicciones morales más profundas no tenían cabida en estas disquisiciones. Lo digo solo para quedarme con la conciencia tranquila. Pero sí haré hincapié en una cosa: últimamente me resulta terriblemente repulsivo ajustar mis pensamientos y mis acciones a un patrón moral. Algo distinto rige mis acciones...

Ciertamente, la chusma juega muy sucio. No mentiría si digo que alrededor de la mesa se cometen los robos más vulgares. Los crupieres, que se

siesntan en sus extremos vigilando las apuestas y liquidando las ganancias, están terriblemente atareados. ¡Menuda chusma! En su mayor parte franceses. Por otro lado, no hago estas observaciones ni tomo estas notas para describir la ruleta, sino para ir haciéndome una idea de cómo comportarme en el futuro. Me he dado cuenta, por ejemplo, de que es muy corriente que de pronto salga una mano de detrás de la mesa y se lleve tus ganancias. Eso da inicio a una discusión, que a menudo degenera en gritos de «¡Le exijo que me lo demuestre, que encuentre testigos de que esa apuesta era suya!».

Al principio todo esto me parecía un galimatías. Lo único que fui capaz de entender y en cierto modo distinguir es que se podía apostar a un número, a par o impar o al color. Decidí jugarme esa noche cien *gulden* del dinero de Polina Alexándrovna. La sola idea de comenzar a jugar para otra persona me ponía un tanto nervioso. Era una sensación extraordinariamente desagradable y quería deshacerme de ella. No podía dejar de pensar que si comenzaba jugando para Polina estropearía mi propia suerte. ¿Acaso basta acercarse a una mesa de juego para contagiarse al instante de superstición? Comencé sacando cinco federicos de oro, es decir cincuenta *gulden,* y los aposté a los pares. La ruleta dio vueltas y salió el trece: perdí. Aposté otros cinco federicos de oro al rojo con una sensación un tanto dolorosa, únicamente para acabar de una vez y salir de allí. Salió el rojo. Aposté los diez federicos de oro y salió de nuevo el rojo. Aposté de nuevo todo a la vez y volvió a salir el rojo. Cuando me dieron los cuarenta federicos de oro puse veinte sobre los doce números medios, sin saber lo que pasaría. Lo multipliqué por tres. Así, con diez federicos de oro había conseguido en un momento ochenta. La sensación tan extraña y poco común que me asaltó me resultó tan insoportable que decidí irme. Tenía la convicción de que, de haber jugado para mí mismo, nunca hubiera actuado así. Sin embargo, aposté los ochenta federicos de oro otra vez a los pares. Esta vez salió el cuatro. Arrastraron otros ochenta federicos de oro hacia mí, recogí el montón de ciento sesenta federicos de oro y me fui en busca de Polina Alexándrovna.

El grupo se había ido a pasear por el parque y no pude encontrarme con ella hasta la cena. Esta vez no estaba el francés y el general se explayó. Y consideró necesario, por cierto, volver a señalarme que no deseaba verme

en la mesa de juego. En su opinión, si perdía demasiado, en cierto sentido lo pondría en evidencia, «pero si ganara mucho también me pondría en un compromiso», añadió circunspecto. «Por supuesto que no tengo derecho a decirle lo que tiene que hacer, pero estará de acuerdo conmigo en que...». Y dejó la frase a la mitad, como era su costumbre. Le respondí secamente que tenía muy poco dinero y que, por lo tanto, no podía perder de forma muy escandalosa, incluso en el caso de que comenzara a jugar. De camino a mi habitación conseguí entregarle a Polina sus ganancias y le comuniqué que no volvería a jugar para ella.

—¿Por qué? —me preguntó alarmada.

—Porque quiero jugar para mí —le respondí mientras la miraba sorprendido—, y eso me lo impide.

—¿Así que sigue convencido de que la ruleta es su única salida y salvación? —me preguntó burlona. Le contesté de nuevo muy serio que sí. Que sí, tal vez resultara muy cómica la seguridad que tenía en ganar, «pero que me dejara en paz».

Polina Alexándrovna insistió en que compartiéramos las ganancias del día y me entregó ochenta federicos de oro, ofreciéndome seguir jugando bajo las mismas condiciones. Rechacé mi parte de las ganancias con decisión y le expliqué tajantemente que no podía jugar para otros, no porque no quisiera sino porque probablemente perdería.

—Y, sin embargo, yo misma, por muy estúpido que parezca, tengo puestas casi todas mis esperanzas en la ruleta —dijo pensativa—. Y es por eso que debe usted seguir conmigo a medias y, obviamente, lo hará —dicho lo cual se fue sin escuchar mis objeciones.

CAPÍTULO III

SIN EMBARGO, ayer Polina no habló conmigo en todo el día de nada relacionado con el juego. En realidad, evitó hablar conmigo de cualquier cosa. No cambió, eso sí, su trato hacia mí. Mantuvo esa misma indiferencia absoluta al cruzarnos, le añadió incluso algo de desprecio y hasta de odio. No parece querer ocultar el desprecio que siente hacia mi persona. Tampoco me oculta, sin embargo, que le soy necesario y que me reserva para algo. Entre nosotros se ha establecido una relación extraña que hasta cierto punto me resulta incomprensible, teniendo en cuenta el orgullo y la soberbia con que trata a todo el mundo. Es consciente, por ejemplo, de que la amo con locura, me permite incluso confesarle mi pasión, pero claro, no hay manera más patente de mostrarme su desprecio que permitiéndome hablarle sin trabas y sin censura sobre mi amor. «Tengo en tan poca consideración tus sentimientos —parece decir—, que me da absolutamente igual lo que me digas y lo que sientas por mí». Ya antes hablaba mucho conmigo de sus asuntos, aunque nunca se ha sincerado del todo. El menosprecio con el que me trataba se reflejaba en ciertas sutilezas. Si ella sabía, por ejemplo, que yo estaba al tanto de algún detalle de su vida o de algo que la inquietaba enormemente y, en un momento dado, necesitaba utilizarme de

algún modo para sus fines, como su esclavo o su chico de los recados, me desvelaba un pequeño detalle más —lo justo que necesita saber un hombre que actúa como chico de los recados—, y nunca toda la serie de acontecimientos previos. Y, aunque ve que sufro y me inquieto por sus problemas y tribulaciones, nunca me concede el placer de tranquilizarme siendo franca como haría una amiga, a pesar de que, usándome tan a menudo para cumplir sus encargos, no solo complicados sino incluso peligrosos, bien creo que como mínimo debería ser sincera conmigo. Pero, ¿por qué habría de preocuparse por mis sentimientos, por el hecho de que yo me inquiete e incluso me preocupe y sufra por sus problemas y desgracias el triple que ella?

Hace unas tres semanas que supe de su intención de jugar a la ruleta. Me advirtió incluso de que debería jugar por ella ya que no era decente que ella jugase. Por el tono de sus palabras pude apreciar en ese momento que algo la inquietaba seriamente, y que no se trataba únicamente del deseo de ganar dinero. ¡Qué le importaba a ella el dinero en sí! Todo aquello tenía un objetivo, alguna circunstancia que desconocía pero que quizás pudiera descubrir. Es evidente que la humillación y el sometimiento en que me mantiene podría darme (y muy a menudo me da) la oportunidad de preguntarle de forma clara y directa. A sus ojos no soy más que un esclavo, algo demasiado insignificante, por lo que mi grosera curiosidad no la ofende lo más mínimo. Pero el caso es que, aunque me permite preguntarle, no contesta a mis preguntas. A veces ni siquiera repara en ellas. ¡Así es como están las cosas!

Ayer se habló mucho de un telegrama que se había enviado hacía cuatro días a Petersburgo y que todavía no había recibido respuesta. El general estaba visiblemente agitado y pensativo. Se trata, por supuesto, de la abuela. Hasta el francés está preocupado. Ayer, por ejemplo, los dos tuvieron una conversación larga y seria después de la comida. El francés adopta un tono extraordinariamente altanero y desdeñoso con todos nosotros. El dicho de «le das la mano y se toma el brazo» le va como anillo al dedo. Hasta con Polina muestra una arrogancia que alcanza la grosería, aunque no por eso deja de participar con gusto en los paseos por el parque o en las excursiones fuera de la ciudad. Yo ya hacía tiempo que conocía ciertos detalles de la relación que existía entre él y el general. Habían proyectado abrir una fábrica

entre los dos. No sé si habían abandonado el proyecto o seguían hablando sobre él. Además, por casualidad, conozco parte de un secreto familiar: el francés ayudó al general el año pasado, dándole treinta mil rublos para completar un dinero que faltaba de los fondos públicos cuando este se retiró de su cargo. Por lo que el general, evidentemente, está en sus manos. Pero ahora mismo la que interpreta el papel principal es *mademoiselle* Blanche. Estoy convencido de que en esto tampoco me equivoco.

¿Quién es la tal *mademoiselle* Blanche? Por aquí se dice que es una francesa de alta alcurnia que viaja con su madre y que posee un patrimonio colosal. También se dice que tiene algún parentesco con nuestro marqués, aunque muy lejano: son primos segundos o terceros. Dicen que hasta que yo partí rumbo a París, el francés y *mademoiselle* Blanche se trataban con más ceremonia, eran más finos y recatados. Ahora, la relación, la amistad o el parentesco que los une parece ser algo más evidente, más íntimo. Puede que consideren que nuestra situación es tan precaria que no sea necesario tener muchos miramientos ni ocultarse. Antes de ayer me fijé en cómo miraba *mister* Astley a *mademoiselle* Blanche y a su madre. Me pareció como si las conociera. Tuve la impresión de que *mister* Astley también había visto antes a nuestro francés. Por otro lado, *mister* Astley es tan tímido, pudoroso y callado que es casi seguro que no aireará los trapos sucios de nadie. Al menos el francés apenas lo saluda y casi ni lo mira, lo que quiere decir que no le tiene miedo. Esto es comprensible. Pero ¿por qué *mademoiselle* Blanche tampoco lo mira apenas? Más aún teniendo en cuenta que el marqués ayer se fue de la lengua, de pronto, en medio de la conversación, no recuerdo por qué razón, y dijo que *mister* Astley era inmensamente rico y que lo sabía de buena tinta. ¡En ese momento *mademoiselle* Blanche debería haber mirado a *mister* Astley! De todos modos, el general se muestra intranquilo. ¡Es evidente lo que ahora mismo supondría para él el telegrama anunciando la muerte de su tía!

Aunque tengo la impresión de que Polina intenta esquivarme con algún propósito, he adoptado una actitud fría e indiferente con la idea de que, por mucho que lo evite, finalmente acabe acercándose a mí. Por eso, tanto ayer como hoy he centrado toda mi atención en *mademoiselle* Blanche. Pobre

general, ¡está totalmente perdido! Enamorarse a los cincuenta años, con una pasión tan fuerte, es a todas luces una calamidad. A esto hay que añadir su viudez, sus hijos, un patrimonio completamente devastado, deudas y, por supuesto, la mujer de la que se ha ido a enamorar. *Mademoiselle* Blanche es hermosa a su manera. No sé si me entenderán si les digo que tiene uno de esos rostros que pueden asustar. Por lo menos a mí siempre me han asustado ese tipo de mujeres. Debe de tener unos veinticinco años. Es alta y de hombros anchos y prominentes. Tiene un cuello y unos pechos espléndidos. Su piel es morena y tiene el cabello negro como la tinta y, además, abundante, suficiente para dos pelucas. Tiene una mirada insolente de ojos oscuros y el blanco del ojo algo amarillento, los dientes muy blancos, los labios siempre pintados y huele a almizcle. Se viste de forma vistosa, con opulencia, a la moda pero con mucho gusto. Tiene unas manos y unos pies extraordinarios. Su voz es un contralto ronco. Cuando se ríe muestra los dientes, aunque por lo general se mantiene en silencio y mira con descaro, por lo menos cuando están presentes Polina y María Filípovna. (Corre el extraño rumor de que María Filípovna vuelve a Rusia). Yo creo que *mademoiselle* Blanche, aunque no tenga ningún tipo de educación y puede que no sea siquiera inteligente, es perspicaz y astuta. Me da la impresión de que en su vida no han faltado las aventuras. Para no dejarme nada en el tintero, puede que el marqués ni siquiera sea un familiar y su madre no sea su madre. Pero, cuando estuvimos juntos en Berlín, pudimos comprobar que ella y su madre tenían varios conocidos honorables. En cuanto al marqués, aunque a día de hoy sigo teniendo dudas de que sea marqués, parece que era recibido por la buena sociedad, como nosotros por ejemplo, tanto en Moscú como en algunos lugares en Alemania. No sé cómo será en Francia. Dicen que tiene un *château*. Yo pensaba que en estas dos semanas habrían pasado muchas cosas y sin embargo todavía no sé con seguridad si entre *mademoiselle* Blanche y el general hay algo definitivo. En resumen, ahora todo depende de nuestro patrimonio, es decir, de cuánto dinero pueda mostrarles el general. Si, por ejemplo, llegaran noticias de que la abuela no ha muerto, estoy convencido de que *mademoiselle* Blanche desaparecería de inmediato. Me sorprende y me divierte lo cotilla que me he vuelto. ¡Oh, cómo me repugna todo esto! ¡Con qué placer mandaría a paseo a todos y todo! Pero ¿acaso puedo alejarme de Polina? ¿Acaso puedo dejar de espiar lo que sucede a su alrededor? Por supuesto que espiar a alguien es ruin, pero ¡a mí qué me importa!

Mister Astley también ha despertado mi interés ayer y hoy. ¡Sí, estoy convencido de que está enamorado de Polina! Resulta curioso y jocoso lo que puede llegar a expresar la mirada de una persona tímida y tan exasperantemente casta cuando el amor la alcanza, sobre todo en ese momento en que la persona preferiría que se la tragara la tierra antes que manifestar o expresar nada con la mirada o con las palabras. *Mister* Astley se cruza con nosotros muy a menudo en los paseos. Se quita el sombrero y pasa a nuestro lado muriéndose de ganas, por supuesto, de unirse a nosotros. Si es invitado, rechaza al instante la invitación. En los lugares de ocio como el casino, el quiosco de música o junto a la fuente, siempre se instala no demasiado lejos de nuestro banco, dondequiera que estemos. Ya sea en el parque, en el bosque o en Schlangenberg, no hay más que alzar los ojos, mirar alrededor, para que de cualquier esquina, de un sendero cercano o de detrás de un arbusto, aparezca *mister* Astley. Me parece que desea sobre todo encontrar una ocasión para hablar conmigo. Hoy por la mañana nos encontramos y cruzamos dos palabras. A veces habla de una forma extraordinariamente atropellada. Sin dar siquiera los «buenos días» me dijo directamente:

—Ah, ¡*mademoiselle* Blanche! ¡He visto muchas mujeres como *mademoiselle* Blanche!

Se quedó en silencio, mirándome como dándome a entender algo. No sé qué es lo que quiso decir, porque cuando le pregunté «¿Qué significa eso?», inclinó la cabeza con una astuta sonrisa y añadió:

—Bueno así son las cosas. ¿A *mademoiselle* Pauline le gustan mucho las flores?

—No lo sé, no tengo ni idea —contesté yo.

—¡Cómo! ¡No sabe ni eso! —gritó tremendamente sorprendido.

— No lo sé, nunca me he fijado —repetí riéndome.

—Hmmm, esto me ha dado una curiosa idea —dicho lo cual inclinó la cabeza y siguió su camino. Parecía satisfecho, sin embargo. Hablamos en un francés pésimo.

CAPÍTULO IV

HOY ha sido un día ridículo, horroroso, absurdo. Ahora son las once de la noche. Me encuentro en mi cuchitril recordándolo. Todo comenzó cuando por la mañana tuve que ir a la ruleta a jugar para Polina Alexándrovna. Me llevé todo su dinero, ciento sesenta federicos de oro, pero con dos condiciones: la primera, que no jugaría a medias, es decir, que si ganaba no me quedaría con nada; la segunda, que por la tarde Polina me explicaría por qué tenía tanta necesidad de ganar dinero y cuánto dinero necesitaba exactamente. Sigo sin poder creer que todo esto sea únicamente por dinero. Resulta evidente que necesita el dinero lo más pronto posible y para un objetivo concreto. Ella prometió explicármelo y salí hacia el casino. Las salas de juego estaban abarrotadas de gente. ¡Qué insolentes y avariciosos eran todos! Me abrí paso hasta el centro, me coloqué junto al crupier y después comencé a probar tímidamente apostando dos o tres monedas. Mientras tanto, observaba y tomaba notas. Me dio la impresión de que hacer cálculos en realidad importaba bien poco y que no era tan importante como pensaban muchos jugadores que se sientan con papeles llenos de notas, apuntan los resultados, cuentan, deducen las probabilidades, hacen sus cálculos y finalmente apuestan y pierden igual que el resto de los mortales que jugamos

sin hacer cálculos. Sin embargo saqué una conclusión que parece cierta: en las series de resultados aleatorios parece haber una especie, no de sistema, pero sí de algo parecido a un patrón que, por supuesto, es muy extraño. Por ejemplo, sucede que después de los doce números medios salen los doce últimos; la bola cae, por ejemplo, dos veces sobre los últimos y luego pasa a los doce primeros. Después de caer en los doce primeros, pasa de nuevo a los doce medios; cae tres o cuatro veces seguidas en los medios y de nuevo pasa a los últimos doce, donde de nuevo, después de dos rondas, pasa a los primeros; allí cae una vez y de nuevo pasa tres veces a los medios, y de este modo continúa durante hora y media o dos horas. Uno, tres y dos, tres y dos. Es muy divertido. Un día, o una mañana, por ejemplo, pasa del rojo al negro y de vuelta al rojo sin ningún tipo de orden, a cada minuto, de tal manera que no se queda en el rojo o en el negro más de dos o tres jugadas seguidas. Al día siguiente o a la tarde siguiente, por el contrario, solo sale el rojo; llega a caer, por ejemplo, más de veintidós veces seguidas y así sigue sin parar durante un tiempo, por ejemplo durante todo el día. *Mister* Astley, que estuvo toda la mañana de pie junto a las mesas de juego sin apostar ni una sola vez, me explicó muchos de estos detalles. En lo que a mí respecta, lo perdí absolutamente todo y muy rápido. Aposté directamente veinte federicos de oro a los pares y gané, aposté al cinco y gané de nuevo y así continué otras dos o tres veces. Creo que llegué a tener en mis manos unos cuatrocientos federicos de oro en apenas cinco minutos. Tenía que haberme retirado ahí, pero dentro de mí nació una sensación extraña, una especie de reto al destino, un deseo de hacerle un desaire, de sacarle la lengua. Aposté la cantidad más alta que se podía —cuatro mil *gulden*— y perdí. Después, encendido, saqué todo lo que me quedaba y lo aposté al mismo número y perdí de nuevo, tras lo que me aparté de la mesa como aturdido. No llegaba a entender lo que me había sucedido y no le comuniqué a Polina Alexándrovna que había perdido hasta antes de la comida. Mientras tanto estuve paseando por el parque.

Durante la comida me volví a sumir en un estado de agitación igual al de hacía tres días. El francés y *mademoiselle* Blanche comieron de nuevo con nosotros. Resultó que *mademoiselle* Blanche había estado por la mañana en las salas de juego y había visto mis proezas. Esta vez se dirigió a mí con

más respeto. El francés fue más directo y sencillamente me preguntó si el dinero que había perdido era mío. Me pareció que sospechaba de Polina. En otras palabras, ahí había gato encerrado. Mentí al instante y le dije que sí.

El general estaba tremendamente sorprendido, ¿de dónde había sacado yo tanto dinero? Le expliqué que había comenzado con diez federicos de oro, que dos rachas de seis o siete jugadas seguidas con suerte me habían llevado hasta los cinco o seis mil *gulden* y que después lo había perdido todo en dos jugadas.

Todo lo cual, por supuesto, era factible. Mientras explicaba esto miré un instante a Polina, pero no pude descifrar nada en su rostro. Sin embargo, dejó que mintiera sin corregirme, por lo que deduje que tenía que mentir para ocultar que había jugado para ella. En cualquier caso, pensé para mis adentros, me debe una explicación y hacía bien poco había prometido revelarme algo.

Pensé que el general me haría alguna observación, pero se quedó en silencio; eso sí, noté cierta agitación e intranquilidad en su rostro. Puede que encontrándose en la difícil situación en la que se hallaba no le resultara fácil escuchar cómo semejante cantidad de oro había venido y se había ido en un cuarto de hora a manos de un imbécil tan poco práctico como yo.

Sospecho que ayer por la tarde tuvo una encendida discusión con el francés. Estuvieron encerrados un buen rato hablando en un tono acalorado sobre algo. El francés se fue aparentemente irritado y hoy temprano por la mañana volvió a ver de nuevo al general, probablemente para continuar la conversación de ayer.

Cuando oyó hablar de mis pérdidas, el francés me señaló, mordaz e incluso hiriente, que había que ser más prudente. No sé por qué añadió que, aunque los rusos juegan mucho, a su parecer, ni siquiera lo hacen bien.

—Pues en mi opinión la ruleta parece estar hecha para los rusos —dije yo y, cuando el francés se rio con desprecio ante mi respuesta, le indiqué que era evidente que la razón estaba de mi lado, porque cuando yo tildaba a los rusos de jugadores, los estaba insultando antes que alabando y, por lo tanto, resultaba creíble.

—¿En qué fundamenta su opinión? —preguntó el francés.

—En el hecho de que en el catecismo de virtudes y méritos del hombre occidental civilizado la adquisición de capital siempre ha gozado de un lugar privilegiado. Mientras que los rusos no solo son capaces de adquirir capital sino de despilfarrarlo sin sentido y de forma indecente. Lo que no impide que nosotros los rusos, también necesitemos dinero —añadí—, por lo que somos muy propensos a utilizar medios como la ruleta, con los que uno puede enriquecerse de pronto en dos horas sin trabajar. Esto nos seduce y como jugamos a lo loco, sin preocuparnos, perdemos.

—Esto es cierto en parte —señaló el francés con jactancia.

—No, no es cierto; y a usted debería darle vergüenza hablar así de su país —señaló el general con severidad y dándose importancia.

—Discúlpeme —le respondí—, porque lo cierto es que no sé qué me resulta más repugnante, si la indecencia rusa o la manera alemana de acumular dinero con el trabajo honrado.

—¡Qué idea tan indecente! —exclamó el general.

—¿Qué idea tan rusa! —exclamó el francés.

Yo me reí. Tenía unas terribles ganas de provocarlos.

—Prefiero pasar mi vida vagabundeando de un lado para otro en una *yurta* kirguisa —grité— que inclinarme ante el ídolo alemán.

—¿Qué ídolo? —gritó el general comenzando a enfadarse de verdad.

—La manera que tienen los alemanes de inclinarse ante las riquezas. Llevo aquí poco tiempo, pero lo que hasta ahora he podido ver y comprobar hace que hierva mi sangre tártara. ¡Por Dios que no quiero para mí virtudes como esas! Ayer mismo di un paseo de unas nueve *verstas*. Y todo lo que vi coincide exactamente con lo que aparece en esos librillos moralistas alemanes con ilustraciones. No importa adónde vaya uno: en cada casa hay un *Vater*[8] terriblemente virtuoso y extraordinariamente honrado. Tan honrado que da miedo acercarse a él. No soporto a esa gente honrada a la que da miedo acercarse. Cada *Vater* tiene una familia y por las tardes leen todos juntos en voz alta sus libros moralistas. Sobre la casita susurran los olmos y los castaños. La puesta de sol, la cigüeña sobre el tejado... todo es increíblemente poético y conmovedor...

---

8   En alemán en el original: Padre.

»No se enfade general; permítame contarle algo todavía más conmovedor: yo mismo recuerdo cómo mi padre, que en paz descanse, también nos leía por las tardes en voz alta a mí y a mi madre, bajo los tilos del jardincito, libros de este tipo... Así que tengo derecho a juzgarlo. Todas y cada una de estas familias se encuentran absolutamente esclavizadas y sometidas al *Vater*. Todos trabajan como bueyes y todos ahorran dinero como judíos. Supongamos que el padre ha ahorrado ya algunos *gulden* y tiene planeado traspasarle a su hijo mayor el oficio o un pequeño terreno; eso significará que la hija no tendrá dote y se quedará para vestir santos, que venderán al hijo menor como siervo o como soldado y sumarán ese dinero al capital familiar. Esas cosas suceden aquí, no es mentira, he estado preguntando. Y todo se hace en nombre de la honradez, de una redoblada honradez, hasta el punto de que el hijo menor al que venden cree que lo venden por pura honradez. Lo cual es el culmen, que la misma víctima se alegre de que la lleven al sacrificio. ¿Y qué pasa después? Pues que el hijo mayor no lo tiene más fácil. Tiene una Amalia a la que ha unido su corazón, pero con la que no puede casarse porque todavía no ha ahorrado suficientes *gulden*. Ellos también esperan con una sincera y exquisita educación y van al sacrificio con una sonrisa. Su Amalia va perdiendo el color de las mejillas, se consume. Finalmente, unos veinte años después ya ha aumentado su prosperidad y han acumulado, honrada y virtuosamente, suficientes *gulden*. El *Vater* bendice a su hijo mayor que ya tiene cuarenta años y a su Amalia, que con treinta y cinco tiene los pechos secos y la nariz roja... Mientras los bendice llora, suelta un sermón y se muere. El hijo mayor se convierte a su vez en el virtuoso *Vater* y la misma historia comienza de nuevo. Unos cincuenta o setenta años después el nieto del primer *Vater* ya ha amasado un considerable capital y se lo traspasa a su propio hijo, este al suyo y este otro al suyo y pasadas unas cinco o seis generaciones surge un barón Rothschild, una Hoppe & Co. O Dios sabe qué. ¡Qué majestuoso espectáculo! ¡Uno o dos siglos de trabajo continuo, de paciencia, inteligencia, honradez, carácter, firmeza, cálculos y cigüeñas en el tejado! ¿Qué más quieren? No puede haber nada mejor y desde ese lugar comienzan a juzgar a todo el mundo y los culpables, es decir todos aquellos que sean un poquito diferentes, pasan

a ser inmediatamente ejecutados. Así que les digo: prefiero montar una juerga a la rusa o hacerme rico a la ruleta. No me interesa ser Hoppe & Co. Dentro de cinco generaciones. Necesito el dinero para mí mismo y no me considero indispensable para el capital ni supeditado al mismo. Sé que estoy diciendo un montón de tonterías, pero no me importa. Esas son mis convicciones.

—No sé si tiene mucha razón en lo que ha dicho —señaló pensativo el general—, pero lo que sí sé es que en cuanto le dan un poco de margen empieza a pavonearse de una manera insoportable...

Como era su costumbre, no terminó la frase. Nuestro general era incapaz de terminar las frases que empezaba, aunque la conversación fuera un poquito más allá de las conversaciones típicas. El francés escuchaba indolente con los ojos algo más abiertos que de costumbre. No había entendido prácticamente nada de lo que había dicho. Polina miraba con una indiferencia algo altanera. Parecía como si no escuchara, no solo a mí, sino nada de lo que se había dicho a la mesa.

CAPÍTULO V

ESTABA absorta en sus pensamientos, pero al abandonar el comedor me ordenó que la acompañara a dar un paseo. Cogimos a los niños y nos dirigimos a la fuente del parque.

Me encontraba en un estado de agitación terrible y no pude contener la estúpida y grosera pregunta de por qué nuestro francesito, el marqués Des Grieux, ya no la acompañaba cuando salía del hotel y ni siquiera le hablaba durante días enteros.

—Porque es un canalla —me respondió de forma extraña. Nunca la había oído hablar así de Des Grieux y me callé, con miedo a haber comprendido el porqué de su irritación.

—¿Se ha fijado en que hoy no está en buenos términos con el general?

—¿Quiere saber qué es lo que sucede? —contestó cortante e irritada—. No es ninguna novedad que el general tiene todo hipotecado, todas sus propiedades; y si la abuela no muere, el francés ejecutará en breve la hipoteca.

—¿Así que es cierto que todo está hipotecado? Algo había oído, pero no estaba seguro.

—Pues sí.

—Y si eso llega a pasar, adiós a *mademoiselle* Blanche —señalé—. ¡No se convertirá en generala! ¿Sabe qué? Creo que el general está tan enamorado que puede que hasta se pegue un tiro si *mademoiselle* Blanche lo abandona. A su edad, enamorarse así es peligroso.

—Yo también creo que algo le va a pasar —señaló pensativa Polina Alexándrovna.

—¡Espléndido! —grité yo—. No puede quedar más claro que pensaba casarse únicamente por el dinero. No se ha tenido la más mínima decencia, todo ha sucedido sin ceremonias. ¡Qué maravilla! Y en cuanto a la abuela, qué puede haber más cómico y rastrero que mandar un telegrama tras otro preguntando: «¿Se ha muerto ya, se ha muerto ya?». ¿Eh? ¿Qué le parece a usted, Polina Alexándrovna?

—Es una tontería —me interrumpió mostrando su desagrado—. Aunque me sorprende que usted esté tan contento. ¿De qué se alegra? ¿Acaso de haber perdido mi dinero?

—¿Por qué me lo dio para que lo perdiera? Le dije que no puedo jugar para otros y menos aún para usted. Yo obedezco lo que usted me ordena, pero el resultado no depende de mí. Le advertí que no serviría de nada. Dígame, ¿le duele que haya perdido tanto dinero? ¿Para qué necesita tanto?

—¿A qué vienen estas preguntas?

—Pero si usted misma prometió que me explicaría... Escuche: estoy completamente convencido de que cuando comience a jugar para mí mismo (y tengo doce federicos de oro), ganaré. Entonces, podrá pedirme todo lo que necesite.

Hizo un gesto de desdén.

—No se enfade conmigo —continué— por hacerle esa sugerencia. Soy tan profundamente consciente de ser un cero a la izquierda para usted, a sus ojos, que puede usted coger mi dinero si quiere. No debería ofenderse por un regalo mío. Además, he perdido su dinero.

Me echó un rápido vistazo y, al comprobar la irritación y el sarcasmo que había en mi voz, me interrumpió de nuevo.

—Mi situación no le interesa lo más mínimo. Si quiere saberlo, simplemente tengo deudas. Pedí dinero prestado y ahora quisiera devolverlo.

Tenía la loca y peregrina idea de que sin duda ganaría en la mesa de juego. No sé de dónde la saqué, pero así lo creía. Quién sabe, puede que pensara que no tenía alternativa.

—O quizás tenía demasiada necesidad de ganar. Igual que una persona que se ahoga y se agarra a una pajita. Estará de acuerdo conmigo en que si no se estuviera ahogando no confundiría la pajita con una rama.

Polina se sorprendió.

—Pero ¿qué dice? —preguntó—. Pero si usted tiene la misma esperanza. Hace dos semanas, en una ocasión, usted mismo me habló largo y tendido de que estaba absolutamente convencido de que iba a ganar aquí en la ruleta y trató de convencerme de que no estaba loco. ¿O es que bromeaba entonces? No, no, recuerdo que hablaba usted tan serio que era imposible tomarlo a broma.

—Es cierto —respondí pensativo—, sigo estando totalmente convencido de que voy a ganar. Es más, tengo que reconocer que hace usted que me haga una pregunta: ¿por qué mi estúpido y escandaloso fracaso de hoy no ha hecho que vacile lo más mínimo? Sigo estando completamente convencido de que en cuanto empiece a jugar para mí ganaré de forma inmediata.

—¿Cómo puede estar tan convencido?

—¿Quiere saberlo realmente? No lo sé. Tan solo sé que tengo que ganar, que para mí también es la única salida. He ahí, quizás, por qué creo que debo ganar inevitablemente.

—Entonces, si está tan fanáticamente convencido es que usted también tiene una enorme *necesidad...*

—Apuesto a que usted no cree que yo sea capaz de sentir una verdadera necesidad.

—Me da exactamente igual —respondió Polina con tranquilidad e indiferencia—. Si de verdad quiere saberlo, no, no creo que sufra por nada serio. Puede que sufra, pero no en serio. Usted es una persona caótica, inestable. ¿Para qué necesita el dinero? Cuando me estuvo hablando de ello la otra vez no fui capaz encontrar ninguna razón seria entre todo lo que me dijo.

—Por cierto —le interrumpí—, usted dice que debe saldar su deuda. ¡Debe de tratarse de una deuda importante! ¿No será con el francés?

—¿Qué pregunta es esa? Hoy está usted especialmente impertinente. ¿No estará borracho?

—Usted sabe que yo me permito decirle todo y que a veces le pregunto con demasiada franqueza. Le repito, soy su esclavo y uno no se avergüenza de los esclavos, un esclavo no puede ofender.

—¡Todo esto es absurdo! Y no soporto esa teoría suya de la «esclavitud».

—Tenga en cuenta que no le hablo de mi esclavitud porque desee ser su esclavo, sino que le hablo de ello como lo que es: un hecho, un hecho que no depende en absoluto de mí.

—Dígame claramente para qué necesita el dinero.

—¿Y para qué quiere usted saberlo?

—Como quiera —respondió ella con un orgulloso movimiento de cabeza.

—No soporta la teoría de la esclavitud, pero exige un esclavo: «¡Responda, pero no piense!». Muy bien, si así lo desea. Me pregunta que para qué quiero el dinero. ¿Cómo que para qué? ¡El dinero lo es todo!

—Eso lo entiendo, ¡pero no hasta el punto de perder la cabeza deseándolo! Usted llega a exaltarse, se vuelve fatalista. Tiene que haber algo detrás, un objetivo concreto. Dígamelo sin rodeos, quiero saberlo.

Tuve la impresión de que se estaba enfadando y me produjo un inmenso placer que preguntara con tanto ardor.

—Es evidente que hay un objetivo —dije—, pero no sé si sabré explicarlo. La única manera de convertirme en una persona y no en un esclavo a sus ojos es con dinero.

—¿Cómo? ¿Cómo piensa lograr eso?

—¿Que cómo lo lograré? ¡Ni siquiera es capaz de concebir cómo puedo lograr que usted me mire de otra forma que no sea como a un esclavo! Pues bien, eso es precisamente lo que no deseo, ese asombro, esa perplejidad.

—Dice usted que esta esclavitud es para usted un placer. Yo misma pensaba así.

—¡Usted también pensaba así! —grité con un extraño placer—. ¡Ah, qué deliciosa resulta esa ingenuidad suya! Pero sí, sí, ser su esclavo es un placer

para mí. ¡Sí, hay placer en la humillación y anulación más absolutas! —continué en pleno delirio—. Quién sabe, diablos, puede que lo haya hasta en un látigo que cae sobre la espalda y arranca la carne a tiras... Pero quizás quiera saborear otros placeres. Hace un momento, a la mesa, el general me ha echado el sermón delante de usted por setecientos rublos al año que me paga y que quizás nunca reciba. El marqués Des Grieux me mira levantando las cejas, aunque ni siquiera se fija en mí. Y yo, por mi parte, puede que lo único que tenga sean unas irrefrenables ganas de agarrar al marqués Des Grieux de las narices delante de usted.

—Habla como un chiquillo. Uno siempre se puede comportar con dignidad en cualquier situación. Si hay lucha, es mejor que sea digna y no humillante.

—¡Eso está sacado directamente de un manual! Presupone sencillamente que tal vez no sepa comportarme con dignidad. Es decir, que puede que sea una persona digna, pero que no soy capaz de comportarme con dignidad. ¿Sabe que quizás sea cierto? Sí, los rusos somos así, y ¿sabe por qué? Porque los rusos tenemos muchos y variados talentos como para adoptar unos modales sin más. Lo importante aquí son las maneras. Los rusos tenemos tanto talento que para encontrar una forma de comportarnos adecuada necesitamos de la genialidad. Pero la genialidad, por lo general, es difícil de encontrar, porque es muy escasa. Los franceses y quizás algún otro pueblo europeo son los únicos que han establecido un código de buenas maneras tan definido que permite a cualquiera tener un aspecto increíblemente digno aun siendo la persona más indigna de la tierra. Es por eso que para ellos las maneras significan tanto. Un francés aguantará una ofensa, una ofensa de verdad, personal, sin fruncir el ceño, pero no soportará que le chasquen las narices por nada del mundo, porque eso sería una violación de la etiqueta de decencia perpetuada y aceptada. Esa es la misma razón por la que nuestras señoritas tienen esa debilidad por los franceses, porque tienen buenos modales. Yo, sin embargo, creo que no poseen modales en absoluto, que no son más que un gallo francés, *le coq gaulois.* Pero por otro lado, no puedo entenderlo, no soy mujer. Puede que los gallos sean hermosos. Pero no hago más que desvariar y usted no me para los pies. Interrúmpame más

a menudo. Cuando hablo con usted me entran ganas de decirlo todo, todo, todo. Pierdo las formas. Estoy incluso dispuesto a afirmar que no solo no tengo educación, sino que tampoco tengo dignidad alguna. Le hago saber que no me preocupa lo más mínimo la dignidad, sea cual sea. Todo se ha detenido en mi interior. Y usted sabe por qué. No tengo en la cabeza ningún pensamiento humano. Hace tiempo que no sé qué sucede en el mundo, ni en Rusia, ni aquí. Pasé por Dresde y no recuerdo siquiera el aspecto que tenía. Usted sabe perfectamente lo que me tenía absorbido. Como no tengo ninguna esperanza y a sus ojos no soy nada, se lo digo claramente: dondequiera que esté tan solo la veo a usted, el resto me es indiferente. No sé por qué ni cómo es que la amo. ¿Sabe usted que puede que no sea siquiera hermosa? ¿Se da cuenta de que ni siquiera sé si es usted hermosa o no, ni siquiera sé si me gusta su rostro? Es probable que no tenga un buen corazón, que no sea noble de espíritu, es muy, muy probable.

—Puede ser que por eso crea que puede comprarme con dinero —dijo ella—, porque no cree en mi nobleza.

—¿Cuándo he querido yo comprarla con dinero? —grité.

—Se ha liado y ha perdido el hilo. Si no quiere comprarme a mí, entonces es mi respeto lo que quiere comprar con dinero.

—No, no, de ningún modo. Le he dicho que me resulta difícil explicarme. Usted me abruma. No se enfade por mi cháchara. Usted entiende por qué no puede enfadarse conmigo: estoy sencillamente loco. Aunque, por otro lado, me da igual que se enfade. Cuando estoy arriba, en mi cuchitril, me basta con recordar o tan solo recrear el sonido de su vestido para estar a punto de morderme las manos. ¿Y por qué se enfada conmigo? ¿Solo porque me llamo a mí mismo su esclavo? ¡Aprovéchese, aprovéchese de mi esclavitud, aprovéchese! ¿Sabe usted que en algún momento la mataré? No la mataré porque haya dejado de quererla o porque tenga celos, simplemente la mataré porque a veces me entran ganas de comérmela. Se ríe...

—No me río en absoluto —dijo enfadada—. Le ordeno que se calle.

Se detuvo, con la respiración entrecortada por la ira. Dios mío, no sé si era hermosa, pero cómo me gustaba cuando se plantaba así frente a mí, por

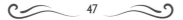

eso me encantaba provocar su ira tan a menudo. Quizás ella se había dado cuenta de aquello y se enfadara a propósito. Así se lo dije.

—¡Qué horror! —exclamó con repugnancia.

—Me da igual —continué—. ¿Sabe además que corremos peligro paseando los dos solos? Muchas veces he sentido el irresistible deseo de golpearla, de desfigurarla, de estrangularla. ¿Cree que no llegaré a hacerlo? Usted me lleva al delirio. ¿Cree que tengo miedo al escándalo? ¿A su ira? ¿Qué me importa a mí su ira? La amo sin esperanza y sé que después de esto la amaré mil veces más. Si algún día la mato tendría que matarme después, pero tardaré todo lo posible en matarme para poder sentir el insoportable dolor de su ausencia. ¿Sabe algo increíble? Cada día la amo más, aunque sea casi imposible. ¿Cómo no voy a ser un fatalista después de esto? ¿Recuerda hace tres días, en Schlangenberg cuando le susurré en respuesta a sus provocaciones: «Dígame una palabra y me lanzaré al vacío»? Si en ese momento hubiera dicho esa palabra, me habría lanzado. ¿Acaso no cree que habría saltado?

—¡Qué palabrería tan estúpida! —gritó.

—No me importa lo más mínimo si es estúpida o inteligente —grité yo—. Solo sé que cuando estoy con usted tengo que hablar y hablar y hablar y por eso hablo. A su lado pierdo el amor propio y me da todo igual.

—¿Y por qué debería obligarle a saltar desde Schlangenberg? —dijo cortante y de un modo especialmente ofensivo—. No me serviría absolutamente para nada.

—¡Espléndido! —grité yo—, ha dicho a propósito ese espléndido «para nada» solo para abrumarme. Puedo ver a través suyo. ¿Inútil, dice usted? Pero ¿acaso el placer no es siempre útil? ¿Acaso el poder brutal y sin límites, aunque solo se ejerza sobre una mosca, no es en cierta forma un tipo de placer? El hombre es un déspota por naturaleza y le encanta torturar. A usted le encanta.

Recuerdo que en ese momento me observó con especial atención. Mi rostro debía de expresar las sensaciones incoherentes y disparatadas que estaba padeciendo. Estoy recordando ahora que nuestra conversación fue tal y como la he descrito aquí casi palabra por palabra. Mis ojos estaban

inyectados en sangre. Tenía espuma seca en las comisuras de los labios. Y en cuanto a lo de Schlangenberg, incluso ahora mismo juro por mi honor que, si me hubiera ordenado en ese momento que me tirara, ¡me habría tirado! Si en aquel momento lo hubiera dicho, aunque solo fuera por bromear, aunque lo hubiera dicho con desprecio, escupiéndome, ¡habría saltado!

—No, ¿por qué? Pero le creo —dijo, pero como solo ella a veces sabe decirlo, con tanto desprecio y escarnio, con tanta soberbia que, juro por Dios, estuve a punto de matarla en ese mismo instante. Se arriesgó, porque tampoco le estaba mintiendo sobre lo que le dije.

—¿Es usted un cobarde? —me preguntó de pronto.

—No lo sé, puede que sea un cobarde. No lo sé... Hace tiempo que no pienso en ello.

—Si yo le dijera: «Mate a ese hombre», ¿lo mataría?

—¿A quién?

—A quien yo quisiera.

—¿Al francés?

—No pregunte, responda: a quien yo le indique. Quiero saber si lo que ha dicho ahora era en serio. —Se puso tan seria e impaciente esperando mi respuesta que sentí cierta extrañeza.

—¡Dígame de una vez qué es lo que sucede aquí! —grité— ¿De qué tiene miedo, de qué, de mí? Me doy perfecta cuenta del embrollo. Usted es hijastra de un hombre arruinado y loco que está perdidamente enamorado de ese diablo de Blanche, después está ese francés que tiene una influencia misteriosa sobre usted y ahora me hace esta pregunta... tan seria. Deme por lo menos alguna pista. Si no, me volveré loco y acabaré haciendo cualquier cosa. ¿O es que le da vergüenza sincerarse conmigo? ¿Pero es que acaso se puede usted avergonzar ante mí?

—Eso no tiene nada que ver con lo que le digo. Le he hecho una pregunta y estoy esperando una respuesta.

—Claro que mataría —grité yo— a cualquiera que usted me indicara, pero ¿es que acaso...? ¿Acaso me lo va a ordenar?

—¿Qué se cree, que tendría compasión de usted? Se lo ordenaré y yo me lavaré las manos. ¿Sería capaz de soportarlo? Que va, ¡cómo lo va a soportar!

Puede que matara por orden mía, pero después vendría a matarme a mí por haberme atrevido a ordenárselo. Precisamente hablando de esto se me acaba de ocurrir una cosa.

En aquel momento, por supuesto, yo creía que todo esto de la pregunta era medio en broma, medio en desafío. Pero lo había dicho demasiado seria. A pesar de lo cual me dejó estupefacto que dijera abiertamente que tenía tal influjo sobre mí, que aceptara ese poder que tenía sobre mí y me dijera a las claras: «Ve a la perdición mientras yo me quedo a un lado». Había algo tan cínico y descarado en esas palabras que me pareció que era demasiado. ¿Cómo me miraría después de eso? Esto iba más allá de la esclavitud y la anulación. Con esa mirada me elevaría hasta ponerme a su lado. Y por muy absurda, por muy increíble que resultara toda nuestra conversación, se me encogió el corazón.

De pronto, ella se echó a reír. Estábamos en ese momento sentados en un banco, los niños delante nuestro, en frente se encontraba el lugar donde se detenían las carrozas y la gente se bajaba en la avenida para ir al casino.

—¿Ve a esa baronesa gorda? —gritó de repente—. Es la baronesa de Burmerhelm. Llegó hace apenas tres días. ¿Ve a su marido, ese prusiano largo y seco con un bastón en la mano? ¿Recuerda cómo nos miraba el otro día? Vaya ahora mismo, acérquese a la baronesa, quítese el sombrero y dígale cualquier cosa en francés.

—¿Para qué?

—En Schlangenberg juró que saltaría, ahora me ha jurado que estaría dispuesto a matar si se lo ordeno. En lugar de todos esos asesinatos y tragedias tan solo quiero reírme. Acérquese, no ponga excusas. Quiero ver cómo el barón le golpea con el bastón.

—Me está retando. ¿Cree que no lo haré?

—Sí, le estoy retando. Vaya, ¡eso es lo que quiero!

—Con su permiso iré, aunque todo esto no sea más que una tremenda locura. Solo una cosa: espero que esto no le traiga problemas al general y, por ende, a usted. Le juro que no me preocupo de mí, sino de usted y del general. ¿Qué tipo de capricho es ir a ofender a una señora?

—En fin, ya veo que usted no es más que un charlatán —dijo con desdén—. Hace un instante tenía los ojos inyectados en sangre, aunque puede

que fuera porque ha bebido mucho vino en la comida. ¿Acaso cree que no soy consciente de que es algo estúpido y vulgar y que el general se enfadará? Tan solo quiero reírme. ¡Lo quiero y punto! ¿Que por qué debería ofender a una mujer? Pues para que le den un bastonazo lo antes posible.

Me volví y fui en silencio a cumplir sus órdenes. Claro que era una estupidez y por supuesto que no podía dar marcha atrás, pero recuerdo que cuando comencé a acercarme a la baronesa sentí como si algo me empujase, como si me sintiera llevado por una chiquillada infantil. Era presa de una tremenda agitación, como si estuviera borracho.

CAPÍTULO VI

HAN PASADO cuarenta y ocho horas desde aquel estúpido día. Y ¡cuánto grito, escándalo, chismorreo y alboroto! ¡Y yo soy la causa de todo este alboroto, de todo este desbarajuste, de toda esta estupidez y vulgaridad! Aunque a ratos resulta cómico, a mí por lo menos. No consigo explicarme lo que me pasó, si tuve un ataque de locura o perdí completamente el juicio y voy a seguir delirando hasta que me aten de pies y manos. A veces pienso que estoy perdiendo la razón. Y otras veces me parece que todavía soy un niño en el pupitre y que simplemente sigo haciendo gamberradas de escolar.

Es Polina, ¡todo es por Polina! Si ella no estuviera, tal vez yo no me comportaría como un colegial. Quién sabe, puede que todo esto se deba a la desesperación (por muy estúpido que sea, por cierto, razonar de esta manera). Y no entiendo, no entiendo qué tiene de especial. Que es hermosa, es evidente. Debe de serlo. Porque también vuelve locos a otros hombres. Es alta y esbelta. De hecho, quizás su único defecto es que sea muy delgada. Me da la impresión de que podría hacer un nudo con ella o doblarla en dos. Las huellas que dejan sus pies son delgadas y largas, da pena verlas. Da pena de verdad. Su cabello es de un tono rojizo. Tiene unos ojos que parecen de gato, qué orgullo y altanería es capaz de expresar con esos ojos.

Una tarde hace unos cuatro meses, cuando acababa de entrar al servicio de la familia, la vi hablando acaloradamente en una sala con Des Grieux. Y lo miraba de tal manera... que después, cuando me fui a dormir a mi habitación, supuse que le había dado una bofetada, que acababa de dársela y que se había quedado de pie frente a él, retándolo con la mirada... Desde esa misma tarde estoy enamorado de ella.

Pero volvamos a lo que nos ocupa.

Descendí por el camino hasta la avenida, me planté en medio de la misma y esperé a que llegaran la baronesa y el barón. A cinco pasos de distancia me quité el sombrero e hice una reverencia.

Recuerdo que la baronesa llevaba un vestido de seda de un gris claro, con volantes, con miriñaque y cola, de una circunferencia inabarcable. Era una mujer pequeña y extraordinariamente obesa con una voluminosa papada que ocultaba el cuello en su caída. Tenía el rostro encarnado, los ojos pequeños, malvados e insolentes. Andaba como si le hiciera un favor a todo el mundo. El barón era seco y alto. Fruncía el rostro, surcado por miles de pequeñas arrugas, como suelen hacer los alemanes. Llevaba gafas. Tenía unos cuarenta y cinco años. Las piernas le salían prácticamente del pecho, lo que significaba que era de pura raza. Orgulloso como un pavo real. Un poco desmañado. Algo en la expresión del rostro que recordaba a un cordero parecía sustituir la profundidad de pensamiento.

Pude ver todo esto frente a mí en apenas tres segundos.

En un primer momento, mi inclinación con el sombrero en las manos apenas logró atrapar su atención. Solo el barón frunció ligeramente el ceño. La baronesa continuó deslizándose lentamente en mi dirección.

—*Madame la baronne* —dije con voz alta y clara, recalcando cada palabra—, *j'ai l'honneur d'être votre esclave.*[9]

Tras lo cual hice una inclinación, me puse el sombrero y pasé junto a la baronesa, volviendo el rostro hacia ella y sonriendo con amabilidad.

Ella me había ordenado que me quitara el sombrero, pero la inclinación y la gamberrada ya fue todo cosa mía. No consigo saber qué Diablos fue lo que me empujó. No podía detenerme.

---

9 En francés en el original: Señora baronesa [...] tengo el honor de ser su esclavo.

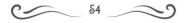

—*Hein!*—gritó o, mejor dicho, graznó el barón volviéndose hacia mí, sorprendido y enfadado.

Yo me giré y me detuve esperando respetuosamente sin apartar la mirada y sonriendo. Pareció quedarse perplejo, alzó las cejas hasta el *nec plus ultra*.[10] Su rostro se iba ensombreciendo cada vez más. La baronesa también se volvió hacia mí y se quedó mirándome perpleja e iracunda. Algunos viandantes comenzaron a mirar. Otros incluso se detuvieron.

—*Hein!* —El barón redobló su graznido y su ira.

—*Ja wohl!*[11] —dije arrastrando cada sílaba al tiempo que lo miraba directamente a los ojos.

—*Sind Sie rasend?*[12] —gritó el barón agitando su bastón y comenzando, al parecer, a acobardarse un poco. Puede que lo confundiera mi traje, puesto que iba vestido de forma muy pulcra, incluso con elegancia, como si perteneciera a la clase alta.

—*Ja wooooohl!* —grité de pronto con todas mis fuerzas alargando la *o* como hacen los berlineses, que repiten a cada instante *«ja wohl»* extendiendo más o menos la *o* para expresar diferentes matices en sus pensamientos y sensaciones.

El barón y la baronesa se dieron la vuelta rápidamente y escaparon asustados casi a la carrera. Entre los presentes, algunos comenzaron a hablar, otros me observaron confundidos. Pero no recuerdo muy bien el resto.

Me di la vuelta y fui a paso normal hacia Polina Alexándrovna. Pero cuando todavía me quedaban unos cien pasos para llegar al banco, vi cómo ella se levantaba y se iba al hotel con los niños.

La alcancé junto a las escaleras de la entrada.

—Ya está hecha la… tontería —dije cuando la alcancé.

—Vale. ¿Y qué? Ahora arrégleselas como pueda —respondió sin mirarme siquiera; acto seguido se fue escaleras arriba.

Estuve andando toda la tarde por el parque, luego lo atravesé, después crucé el bosque y llegué a otro principado. Comí una tortilla y bebí vino

---

10   En latín en el original: Hasta el límite.

11   En alemán en el original: Sí.

12   En alemán en el original: ¿Se ha puesto rabioso?

en una pequeña cabaña. Por ese idílico festín me cobraron todo un tálero y medio.

No llegué a casa hasta las once. El general me hizo llamar de inmediato. Nuestra familia ocupa en el hotel dos apartamentos, en total cuatro habitaciones. La primera es una habitación grande, un salón con un piano. Junto a ella hay otra habitación, también grande: el despacho del general. Aquí era donde me esperaba de pie, en medio de la habitación, adoptando una postura exageradamente majestuosa. Des Grieux estaba arrellanado en el sofá.

—Señor mío, permítame que le pregunte, ¿qué es lo que ha hecho? —comenzó el general dirigiéndose a mí.

—Me gustaría, general, que fuera directamente al grano —le dije—. ¿Tal vez se refiere al encuentro que he tenido hoy con un alemán?

—¡¿Con un alemán?! Ese alemán es el barón Burmerhelm. ¡Una persona muy importante! Se ha comportado usted con él y con la baronesa de forma muy grosera.

—De ningún modo.

—Los ha asustado, señor mío —gritó el general.

—En absoluto. En Berlín tuve ocasión de comprobar cómo constantemente se hace uso de la expresión *«ja wohl»,* que allí arrastran de una forma repulsiva. Al cruzarme con el barón en la avenida, no sé por qué, de pronto me vino a la memoria ese *«ja wohl»,* cosa que me irritó enormemente... Además, la baronesa tiene la costumbre, lo ha hecho las tres veces que se ha cruzado conmigo, de caminar en mi dirección como si yo fuera un gusano que pudiera aplastar con el pie. Estará de acuerdo conmigo en que también tengo derecho a tener amor propio. Me quité el sombrero y amablemente (le aseguro que amablemente) le dije: *«Madame, j'ai l'honneur d'être votre esclave».* Cuando el barón se volvió hacia mí y me gritó *«Hein»,* me salió del alma gritarle también *«Ja wohl!».* Así que grité dos veces: la primera vez de forma normal y la segunda arrastrando las vocales todo lo que pude. Eso fue todo.

Reconozco que me quedé enormemente satisfecho de mi infantil explicación. Tenía unas ganas sorprendentes de alargar la historia de la forma más estúpida posible.

Y cuanto más lo hacía, más ganas tenía de hacerlo.

—¿Se está usted burlando de mí? —gritó el general. Se volvió hacia el francés y le explicó en su idioma que yo trataba de montar un escándalo a cualquier precio. Des Grieux se rio con desdén encogiéndose de hombros.

—¡Oh, no por favor! ¡De ningún modo! —le grité al general—, es evidente que no me comporté adecuadamente y lo reconozco con toda sinceridad. Mi comportamiento puede ser tildado incluso de estúpido e indecorosamente infantil, pero nada más. Y debe saber, general, que estoy tremendamente arrepentido. Pero hay una circunstancia que, a mi entender, prácticamente me exime hasta de arrepentirme. Llevo ya una o dos semanas sintiéndome mal: enfermo, nervioso, irritable, caprichoso y a veces pierdo completamente el control de mí mismo. Lo cierto es que en más de una ocasión he sentido unos deseos terribles de lanzarme sobre el marqués Des Grieux y... Pero no diré nada más al respecto. Puede que se ofenda. En pocas palabras, todo esto son signos de una enfermedad. No sé, ¿cree usted que la baronesa Burmerhelm tendrá en cuenta esta circunstancia a la hora de aceptar mis disculpas cuando se las pida? Porque tengo intención de pedirle disculpas. Creo que no las aceptará, más aún teniendo en cuenta que, hasta donde yo sé, en los últimos tiempos se ha abusado de esta circunstancia en el mundo jurídico. Los abogados han empezado a justificar demasiado a menudo a los delincuentes, sus clientes, en los procesos penales, alegando que estos no recordaban nada de lo sucedido en el momento del delito y que eso se debía, en cierto modo, a una enfermedad. «Lo golpeó», dicen por ejemplo, «pero no recuerda nada», y figúrese, general, que la medicina les da la razón y corrobora que existe una enfermedad, un trastorno temporal por el que la persona prácticamente no recuerda nada o recuerda solo la mitad, o un cuarto. Pero el barón y la baronesa son gente de la vieja generación, *junkers* además, y terratenientes. Lo más probable es que desconozcan estos avances en el mundo de la medicina jurídica y no acepten mis explicaciones. ¿Qué piensa usted general?

—¡Basta, caballero! —dijo el general cortante, al tiempo que contenía su disgusto—. ¡Basta! Voy a librarme de sus chiquilladas de una vez por todas. No tendrá que disculparse frente a la baronesa y el barón. Tratar con usted,

aunque solo fuera para recibir sus disculpas, les resultaría demasiado humillante. Cuando el barón supo que usted pertenecía a mi servicio, se dirigió directamente a mí en el casino para explicarme lo sucedido y a punto estuvo de pedirme una satisfacción. ¿Se da cuenta de la situación en la que me ha puesto, mi querido señor? Me he visto obligado a pedirle perdón al barón y a darle mi palabra de que, hoy mismo, de forma inmediata, dejaría usted de pertenecer a mi casa...

—Disculpe, disculpe, general, ¿conque él mismo exigió que yo dejara de pertenecer a su casa, por usar la misma expresión que usted se ha permitido decir?

—No, pero me vi obligado a darle satisfacción y, evidentemente, el barón quedó satisfecho, por lo que aquí nos separamos mi querido señor. A continuación le entrego estos cuatro federicos de oro con tres florines que le debo, de acuerdo con mis cálculos. Aquí tiene el dinero y el papel con las cuentas. Puede comprobarlo usted mismo. Adiós. Aquí se separan nuestros caminos. No me ha dado más que preocupaciones y disgustos. Ahora llamaré al servicio para comunicarle que a partir de mañana no respondo de sus gastos en el hotel. Quedo a su disposición.

Tomé el dinero, el papel con las cuentas hechas a lápiz, me incliné ante el general y, muy serio, le dije:

—General, este asunto no puede terminar así. Siento mucho que el barón le pusiera en una situación tan embarazosa, pero lamento decirle que usted mismo tiene la culpa. ¿Cómo se ha podido tomar la libertad de responder por mí ante el barón? ¿Qué significa la expresión de que ya no pertenezco más a su casa? Yo tan solo soy un tutor y nada más. No soy su hijo y no estoy bajo su tutela, yo respondo de mis actos. Soy responsable legalmente. Tengo veinticinco años y me he graduado en la universidad, soy hidalgo y no tengo ninguna relación con usted. Lo único que me impide pedirle ahora mismo una satisfacción y una posterior explicación de por qué se tomó la libertad de responder por mí es el infinito respeto que siento por su dignidad.

El general se quedó tan sorprendido que abrió los brazos, a continuación se volvió repentinamente hacia el francés y atropelladamente le

traduje que prácticamente acababa de retarlo en duelo. El francés se echó a reír sonoramente.

—Pero no tengo intención de dejar ir al barón —continué con total serenidad, sin inmutarme lo más mínimo por la risa de *monsieur* Des Grieux—. Y como usted, general, ha tenido a bien hoy escuchar las quejas del barón y, tomando partido por sus intereses, se ha involucrado personalmente en todo este asunto, tengo el honor de comunicarle que mañana por la mañana a más tardar le exigiré al barón, en mi nombre, una explicación formal de las razones por las que él, teniendo un problema conmigo, se ha dirigido a otra persona en lugar de a mí, como si yo no fuera digno o no pudiera responder por mí mismo.

Sucedió exactamente lo que había previsto. El general, nada más escuchar esta nueva estupidez, se amilanó completamente.

—¡Cómo! ¿Acaso tiene la intención de continuar con este maldito asunto? —gritó—. ¡Pero qué diablos hace usted conmigo! No se atreva, no se atreva, señor mío, o le juro que... Aquí también existe la autoridad y yo... yo... En pocas palabras, con mi graduación... Y el barón también... En pocas palabras, ¡la policía le arrestará y le expulsará para que no monte un escándalo! ¿Lo entiende? —Pero, aunque parecía sofocarse por el ataque de ira, estaba absolutamente amilanado.

—General —contesté yo con una tranquilidad que le resultó insoportable—, no se puede arrestar a nadie por montar un escándalo antes de que lo haya montado. Todavía no he comenzado a ofrecerle mis explicaciones al barón y no tiene aún la más mínima idea de cómo y con qué argumentos tengo intención de hacerlo. Únicamente quiero aclararle lo insultante que resulta para mí la presunción de que me encuentro bajo la tutela de alguien que controla mi libre albedrío. Su alarma y su desasosiego son injustificados.

—¡Por Dios, por Dios, Alexéi Ivánovich, abandone esa insensata idea! —farfulló el general cambiando de pronto su iracundo tono de voz por otro suplicante, llegando incluso a agarrarme del brazo—. Hágase una idea, imagínese las consecuencias de todo esto. ¡Más disgustos! Coincidirá conmigo en que debo mantener una especial compostura... ¡Sobre todo ahora!

¡Sobre todo ahora! ¡O es que, no conoce mi situación! Estoy dispuesto a volverle a contratar en cuanto nos vayamos de aquí. Solo es por el momento, pero... ¡pero si conoce perfectamente las razones! —gritó desesperado—, ¡Alexéi Ivánovich, Alexéi Ivánovich!

Retirándome hacia la puerta volví a pedirle encarecidamente que no se preocupara, le prometí que todo saldría bien y se resolvería con decoro y salí con premura.

A veces los rusos en el extranjero son excesivamente cobardes y tienen un miedo terrible de lo que digan los demás, de cómo les vean, de si esto o lo otro es decente o no. En resumen, parece que llevaran puesto un corsé, especialmente quienes se dan importancia. Lo que más les gusta es tener una etiqueta establecida y preconcebida que seguir de forma servil en los hoteles, en las fiestas, en las reuniones, de viaje... Pero el general se había ido de la lengua al decir que se daba una determinada circunstancia por la que debía «mantener una especial compostura». Esa fue la razón por la que de pronto se había amilanado de forma tan pusilánime y había cambiado de tono conmigo. Tomé buena nota de esto. Por supuesto que mañana podía ir, siguiendo un impulso, a las autoridades, así que debía andarme con cuidado.

Además, no tenía un especial interés por enfadar al general. Sí me entraron ganas en ese momento, sin embargo, de enfadar a Polina. Polina se había comportado conmigo de una forma tan cruel y me había puesto en una situación tan estúpida, que ardía en deseos de conseguir que fuera ella misma la que me pidiera que parase. Mi chiquillada podía, en último extremo, comprometerla a ella también. Además, otras sensaciones y deseos estaban tomando forma en mi interior. El hecho de que yo voluntariamente me anulara ante ella no quería decir que fuera un calzonazos para el resto del mundo, y menos aún que un barón pudiera «darme bastonazos». Lo que yo deseaba era reírme de todo el mundo y quedar por encima de todos. Que se enterasen. A lo mejor Polina se asustaba con el escándalo y me llamaba de nuevo. O a lo mejor no me llamaba, pero al menos vería que no soy un calzonazos.

(Una noticia sorprendente: ahora mismo acabo de encontrarme con la niñera en las escaleras y me ha contado que María Filípovna se ha ido

hoy a Karslbad, completamente sola, en el tren de la tarde a casa de su prima. ¿Qué significa esto? La niñera dice que hace tiempo que lo tenía pensado. Pero ¿cómo es que nadie sabía nada? Por otro lado, puede que yo fuera el único que no sabía nada. La niñera me ha comentado que María Filípovna tuvo una fuerte discusión hace dos días con el general. Sin duda se trata de *mademoiselle* Blanche. Sí, estoy convencido de que algo decisivo va a suceder).

CAPÍTULO VII

POR LA MAÑANA llamé al camarero y le dije que me abriera una cuenta personal. Mi habitación no era tan cara como para alarmarme y tener que salir corriendo del hotel. Tenía dieciséis federicos de oro y tal vez ahí... ¡tal vez ahí estuviera la riqueza! Resultaba extraño: todavía no había ganado, pero me comportaba, sentía y pensaba como si fuera rico, y no podía imaginarme de otra manera.

A pesar de lo temprano de la hora, decidí dirigirme directamente a ver a *mister* Astley al Hotel d'Angleterre, que estaba cerca del nuestro, cuando de pronto Des Grieux entró en mi habitación. Esto no había sucedido nunca y, además, las relaciones con este caballero en los últimos tiempos habían sido de lo más tirantes y extrañas que uno pueda imaginar. Era evidente que no ocultaba el desprecio que sentía por mí, incluso se esforzaba porque quedara patente. Pero yo... yo tenía mis propias razones para no tenerle ningún aprecio. En otras palabras, lo odiaba. Su entrada me sorprendió enormemente. Enseguida me di cuenta de que estaba pasando algo especial.

Entró con mucha amabilidad y me felicitó por la habitación. Al ver que estaba con el sombrero en la mano preguntó si estaba a punto de salir.

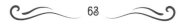

Cuando supo que iba a ver a *mister* Astley por un asunto, reflexionó un instante y su rostro adquirió un aspecto extremadamente preocupado.

Des Grieux, como todos los franceses, era alegre y amable cuando hacía falta o le resultaba provechoso e insoportablemente aburrido cuando ser alegre y amable dejaba de ser necesario. Un francés raramente es amable por naturaleza; siempre lo es por exigencia o por cálculo. Si, por ejemplo, considera necesario ser caprichoso, original, extravagante, su fantasía tonta y antinatural se construye con clichés aceptados y gastados hace ya tiempo. El auténtico francés está imbuido del pragmatismo más pequeñoburgués, mezquino y ordinario; en otras palabras: es la criatura más aburrida del mundo. En mi opinión, solo las muchachas inocentes, y especialmente las doncellas rusas, se dejan cautivar por los franceses. Cualquier persona honrada percibe de inmediato ese insoportable convencionalismo, esa etiqueta formal de salón, de amabilidad, de descaro o de alegría, y reniega de ella.

—He venido a verle por un asunto —comenzó de forma casual aunque cortés—, y no es un secreto que vengo a verle de parte de alguien, mejor dicho, como intermediario del general. Como mi dominio del ruso es muy limitado, ayer no entendí prácticamente nada. Pero el general me lo ha explicado todo con detalle y debo reconocer que...

—Escuche, *monsieur* Des Grieux —le interrumpí—, usted ha decidido involucrarse en este asunto como intermediario. Yo por supuesto soy un *outchitel* y nunca me arrogaré el honor de formar parte de esta familia o de tener ningún tipo de intimidad, por lo que no conozco todas las circunstancias, pero... explíqueme: ¿acaso es usted ahora miembro de la familia? Porque se interesa usted tanto por todo y se erige en intermediario en tantos asuntos...

Mi pregunta no le gustó. Le resultó demasiado directa y no quería irse de la lengua.

—Estoy unido al general en parte por negocios, en parte por *ciertas circunstancias particulares* —dijo con sequedad—. El general me ha enviado para pedirle que desista de las intenciones que albergaba ayer. Todo eso que se ha inventado es muy ingenioso, por supuesto, pero me ha pedido que le haga ver que no logrará nada. El barón sencillamente no le

recibirá y, además, tiene a su alcance todo tipo de medios para evitar que usted le siga importunando. Estará de acuerdo conmigo en esto. Dígame, ¿para qué continuar? El general se compromete a volverle a contratar a su servicio en cuanto las condiciones lo permitan y, mientras tanto, le abonará sus honorarios, *vos appointements*. Esto resultaría bastante provechoso, ¿no es cierto?

Le contesté con enorme calma que andaba algo equivocado. Puede que el barón no me echara, sino que, por el contrario, me escuchara, y lo obligué a confesar que, en realidad, había venido a sonsacarme qué tenía pensado hacer acerca de todo ese asunto.

—¡Dios mío! Puesto que el general está tan interesado es evidente que le agradaría saber qué va a hacer usted y cómo. ¡Es muy natural!

Comencé a explicarle y él se dispuso a escuchar, arrellanado, con la cabeza ligeramente inclinada y con una clara expresión de ironía en el rostro. En general, se comportaba de forma extremadamente altiva. Me esforcé lo más posible por aparentar que estaba sopesando todo el asunto con enorme seriedad. Le expliqué que el barón, al dirigirse al general para quejarse de mí como si yo fuera un sirviente, me había privado en primer lugar de mi puesto, y en segundo lugar me había tratado como si fuera una persona incapaz de responder por sí misma y con la que no merecía la pena ni hablar. Por supuesto que tenía todo el derecho a sentirme ofendido, pero teniendo en cuenta la diferencia de edad, su nivel social, etc., etc. (en ese momento a punto estuve de echarme a reír), no quería cometer una nueva imprudencia proponiéndole o exigiéndole directamente al barón una satisfacción. Sin embargo, consideraba que tenía todo el derecho a presentarle mis excusas a la baronesa, más aun teniendo en cuenta que era cierto que últimamente me sentía enfermo, triste y, por así decirlo, caprichoso, etc., etc. Sin embargo, el propio barón, al dirigirse ayer al general con la ofensiva petición de que fuera despedido, me había colocado en una situación tal que ya no podía presentarle ni a él ni a la baronesa mis excusas, porque ahora no solo ellos, sino todos, seguramente pensarían que lo hacía por miedo y para ser readmitido en mi puesto. La consecuencia es que ahora me veía en la obligación de pedirle al barón que se disculpase primero formalmente ante mí,

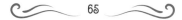

diciendo, por ejemplo, que no tenía ninguna intención de ofenderme. Una vez que el barón dijera eso, yo tendría las manos libres para presentarle mis más sinceras y francas excusas.

—En otras palabras —terminé—, tan solo le pido al barón que me ofrezca una salida.

—¡Vaya!, ¡qué susceptibilidad y qué delicadeza! ¿Y a usted que más le da disculparse o no? Estará de acuerdo conmigo, *monsieur... monsieur...* que está haciendo todo esto a propósito para enfadar al general... Puede que hasta tenga algún objetivo concreto... *mon cher monsieur, pardon, j'ai oublié votre nom, monsieur, Alexis, n'est-ce pas?*[13]

—Permítame, *mon cher marquis,* a usted ¿qué le importa todo esto?

—*Mais le général...*

—¿Qué pasa con el general? Ayer dijo algo de que tenía que mantener cierta compostura... y estaba tan alterado... pero no pude entender nada.

—En este asunto hay... existen ciertas circunstancias particulares —continuó Des Grieux con tono pedigüeño, en el que cada vez se podía apreciar un mayor enfado—. ¿Conoce usted a *mademoiselle* de Cominges?

—¿Quiere decir *mademoiselle* Blanche?

—Sí, *mademoiselle* Blanche de Cominges... *et madame sa mère...* Coincidirá conmigo en que el general... En otras palabras, está enamorado e incluso... incluso puede que lleguemos a ver un matrimonio. E imagínese si surgieran escándalos, historias...

—No veo en todo esto ningún escándalo ni ninguna historia relacionada con el matrimonio.

—Pero *le baron est si irascible, un caractère prussien, vous savez, enfin il fera une querelle d'Allemand.*[14]

—Eso sería conmigo, no con ustedes, porque yo ya no pertenezco a esa casa... —Estaba intentando ser lo más incoherente posible a propósito—. Pero permítame... Entonces ¿está ya decidido que *mademoiselle* Blanche y el general se van a casar? ¿A qué esperan? Quiero decir, ¿por qué ocultarlo? Al menos a nosotros, la gente de la casa.

---

13 En francés en el original: Querido señor, disculpe, he olvidado su nombre, Alexis, ¿no es así?

14 En francés en el original: El barón es tan irascible, un carácter prusiano, ya sabe, puede montar un escándalo por cualquier cosa.

—No le puedo... Por otro lado, esto no es del todo... Sin embargo... usted sabe, se esperan noticias de Rusia, el general tiene que organizar asuntos...

—¡Ah, ah! ¡La *babulinka*!

Des Grieux me miró con odio.

—En otras palabras —me interrumpió—, tengo plena confianza en su congénita amabilidad, en su inteligencia, en su tacto... Estoy seguro de que hará esto por una familia que lo ha aceptado como uno de los suyos, que ha sido amable, respetuosa...

—Perdóneme, pero ¡he sido despedido! Ahora usted asegura que solo ha sido por aparentar. Pero dígame, si yo le dijera: «Por supuesto que no quiero tirarle de la orejas, pero solo por aparentar, déjeme que le tire de ellas...». ¿Acaso no es prácticamente lo mismo?

—Si es así, si ningún ruego puede hacer que cambie de opinión —comenzó severo y arrogante—, entonces permítame asegurarle que tomaremos medidas. Las autoridades le expulsarán hoy mismo, *que diable!* Un *blanc-bec comme vous*.[15] ¡Querer retar a duelo a una personalidad como el barón! ¿Acaso piensa que va a salirse con la suya? Además, créame, ¡nadie le tiene miedo! Si he venido a pedírselo ha sido porque ha salido de mí, porque el general estaba nervioso. Pero ¿acaso piensa que el barón no ordenará que le expulse un criado?

—Pero si no pienso ir en persona —le respondí con absoluta calma—. Se equivoca, *monsieur* Des Grieux, todo esto se solucionará de forma mucho más digna de lo que usted piensa. Ahora mismo me dirijo a ver a *mister* Astley y le pediré que sea mi intermediario, en otras palabras, que sea mi *second*. Ese hombre me quiere bien y no creo que se niegue. Él irá a ver al barón y el barón lo recibirá. Yo no soy más que un *outchitel* y parezco algo así como un *subalterne* y no tengo protección, pero *mister* Astley es sobrino de un lord, de un verdadero lord, algo que sabe todo el mundo, lord Pibrock, y ese lord se encuentra aquí. Créame, el barón será amable con *mister* Astley y lo escuchará. Y si no lo escucha, entonces *mister* Astley lo considerará como una afrenta personal (usted sabe cómo son de tenaces los ingleses) y mandará algún amigo al barón (y créame, tiene buenos

---

15 En francés en el original: ¡Qué diablos! Un mocoso como usted.

amigos). Juzgue usted mismo, puede que las cosas no salgan exactamente como habían pensado.

El francés tenía miedo. Todo lo que estaba diciendo parecía bastante verosímil; al final iba a resultar que sí podía organizar un escándalo.

—Se lo suplico —comenzó en un tono implorante—, ¡deje todo esto!

¡Parece que quisiera que se armara un escándalo! Usted no busca una satisfacción, ¡sino una contrariedad! Ya le he dicho que todo esto es muy divertido e incluso ingenioso, puede que hasta consiga lo que quiere, pero en fin —concluyó viendo que yo me levantaba y cogía el sombrero—, he venido a entregarle esta nota de parte de alguien. Léala, porque se me ha pedido que espere contestación.

Tras lo cual sacó del bolsillo una pequeña nota doblada y lacrada.

La letra era de Polina y decía así:

> Tengo entendido que tiene intención de continuar con esta historia. Está enfadado y vuelve a hacer chiquilladas. En este asunto existen circunstancias especiales que puede que le explique más adelante. Desista, por favor, abandone su actitud. ¡Qué tonterías son estas! Le necesito y usted prometió obedecerme. Acuérdese de Schlangenberg. Le pido que sea obediente y, si fuera necesario, se lo ordeno.
>
> Suya, P.
>
> P. S. Si ayer se enfadó conmigo, le pido que me perdone.

Al leer estas líneas sentí como si el mundo se pusiera patas arriba. Perdí el color en los labios y comencé a temblar. El maldito francés adoptó una actitud forzadamente discreta y apartó la mirada de mí, fingiendo que no veía mi turbación. Mejor hubiera sido que se riera de mí abiertamente.

—Bien —respondí yo—, dígale a *mademoiselle* que esté tranquila. Permítame no obstante que le pregunte —añadí cortante—, ¿por qué ha tardado tanto en darme esta nota? En lugar de hablar de tantas tonterías, creo que debería haber comenzado por esta... si es que en realidad vino con ese encargo.

—Oh, yo quería... todo esto es tan extraño que estoy seguro de que podrá entender mi impaciencia. Quería saber cuánto antes y personalmente, de su propia boca, cuáles eran sus intenciones. Por otro lado, no sé qué es lo que hay en esa nota y pensé que se la podría dar en cualquier momento.

—Ya veo, le ordenaron que me la entregara solo en un caso extremo y que no lo hiciera si lograba convencerme. ¿Es así? ¡Hable con franqueza, *monsieur* Des Grieux!

—*Peut-être*[16] —dijo él, adoptando un aspecto muy reservado y mirándome de un modo peculiar.

Cogí mi sombrero, él hizo una inclinación con la cabeza y salió. Me pareció ver una sonrisa burlona en sus labios. ¿Y cómo podía ser, si no?

—¡Ya ajustaremos cuentas, francesito, nos las veremos! —farfullé mientras bajaba por las escaleras. Todavía me encontraba aturdido, como mareado. El aire fresco hizo que me recuperara un poco.

Pasados un par de minutos, comencé poco a poco a pensar con claridad y dos cosas resultaron evidentes. La primera, que ¡una tontería, una chiquillada, unas inverosímiles amenazas infantiles, dichas al vuelo, habían provocado una alarma *general*! Y la segunda, la influencia que, a pesar de todo, ese francés tenía sobre Polina. Una palabra suya y hacía todo lo que fuera necesario, escribir una nota o incluso implorarme a mí. Era evidente que su relación había sido un misterio para mí desde el principio, desde el momento en que los conocí; sin embargo, en los últimos días había percibido que ella mostraba un claro desagrado e incluso desprecio hacia él y que este ni siquiera la miraba e incluso se comportaba de forma abiertamente descortés. Lo había notado. La misma Polina había hablado de repugnancia. Incluso había hecho alguna confesión extremadamente significativa... Es decir, él simplemente la tenía en su poder, ella le servía para algo...

---

16 En francés en el original: Quizás.

CAPÍTULO VIII

ME ENCONTRÉ con el inglés en el paseo, como lo llaman aquí, es decir, en la avenida de los castaños.

—¡Oh, oh! —dijo al verme—. Iba a su encuentro y usted al mío. ¿Así que ya se ha despedido de los suyos?

—Dígame, antes de nada... ¿Cómo es que está al tanto de todo? —le pregunté sorprendido—. ¿Acaso lo sabe ya todo el mundo?

—Oh, no, nadie lo sabe y nadie debe saberlo. No se habla de ello.

—¿Entonces cómo es que lo sabe usted?

—Lo sé, es decir, me enteré de casualidad. ¿Adónde irá ahora? Le aprecio y por eso he venido a verle.

—Es usted una persona maravillosa, *mister* Astley —dije yo (me quedé enormemente sorprendido, ¿cómo podía haberse enterado?)—, y como todavía no he tomado café y el que usted ha tomado probablemente no era muy bueno, ¿por qué no vamos al café del casino, nos sentamos, fumamos y le cuento todo y... usted también me cuenta?

El café se encontraba a cien pasos. Nos sirvieron, nos acomodamos y yo encendí un cigarrillo. *Mister* Astley no fumó, sino que se quedó mirándome fijamente, dispuesto a escucharme.

—No me voy a ningún sitio, me quedo aquí —comencé.

—Estaba convencido de que se quedaría —dijo con aprobación *mister* Astley.

Cuando me dirigí a *mister* Astley no tenía la más mínima intención de contarle nada de mi amor por Polina; es más, tenía la firme intención de no hacerlo. En todos esos días no le había dicho prácticamente ni una palabra sobre el tema. Además, era muy tímido. Desde el primer momento me di cuenta de que Polina le había causado una fuerte impresión, pero no había mencionado su nombre ni una sola vez. Por extraño que parezca, nada más sentarse y posar fijamente su mirada de estaño sobre mí, no sé por qué, sentí ganas de contarle todo, es decir, mi amor, y con todo lujo de detalles. Le hablé durante media hora y me resultó extremadamente placentero, ¡era la primera vez que hablaba de ello! Al darme cuenta de que en algunos momentos especialmente fogosos se turbaba, enfaticé a propósito el ardor de mi relato. Solo me arrepiento de una cosa. Puede que hablara más de lo necesario sobre el francés...

Mister Astley escuchaba sentado frente a mí, inmóvil, sin soltar una palabra ni emitir sonido alguno y mirándome a los ojos. Pero cuando comencé a hablar del francés, de pronto saltó y me preguntó con dureza si me juzgaba con derecho a hablar de esas circunstancias que no me concernían. *Mister* Astley siempre hacía las preguntas de una forma extraña.

—Tiene razón, me temo que no —respondí.

—Más allá de puras suposiciones, ¿puede decir algo concreto sobre el marqués y *miss* Polina?

Una vez más me sorprendió escuchar una pregunta tan categórica de boca de una persona tan tímida como *mister* Astley.

—No, nada concreto —respondí yo—. Por supuesto que no.

—Entonces ha hecho mal no solo en habérmelo comentado, sino incluso en haberlo pensado.

—¡Vale, vale! Lo reconozco, pero ahora ese no es el asunto —le interrumpí, sorprendiéndome para mis adentros. A continuación le conté lo sucedido la noche anterior con todo detalle, el despropósito de Polina, mi aventura con el barón, mi despido, la extraordinaria cobardía del general;

para terminar le relaté paso a paso la visita de Des Grieux, con todo lujo de detalles, y le mostré la nota.

—¿Qué conclusión saca de todo esto? —le pregunté—. He venido precisamente porque quería conocer su opinión. En lo que a mí respecta, creo que mataría a ese francés; y puede que todavía lo haga.

—Estoy de acuerdo —dijo *mister* Astley—. En cuanto a miss Polina... ¿Sabe? A veces nos vemos obligados a establecer relaciones con gente que nos resulta odiosa. Puede que aquí haya relaciones que desconozca usted y que dependan de circunstancias externas. Yo creo que puede estar tranquilo, en parte por lo menos.

»En cuanto a su comportamiento de ayer, por supuesto que es extraño, no porque ella quisiera deshacerse de usted y lo expusiera al bastón del barón (quien, no entiendo por qué, no lo utilizó teniéndolo a mano), sino porque una travesura así para una... para una *miss* tan maravillosa, resulta indecorosa. Es evidente que no podía suponer que usted pondría literalmente en práctica un deseo tan cómico...

—¿Sabe qué? —grité de pronto mirando fijamente a *mister* Astley—. Me parece que usted ya ha oído todo esto antes, ¿sabe de quién? ¡De la misma *miss* Polina!

Mister Astley me miró con sorpresa.

—Le brillan los ojos y puedo ver en ellos la sospecha —dijo al tiempo que recuperaba la tranquilidad de hacía un instante—, pero no tiene usted ni el más mínimo derecho a expresarla. No le reconozco ese derecho y me niego rotundamente a responder a su pregunta.

—Vale, ¡de acuerdo! ¡Tampoco hace falta! —grité extrañamente alterado y sin comprender cómo había podido ocurrírseme semejante idea. ¿Y cuándo, dónde y de qué manera podía haber elegido Polina a *mister* Astley como confidente? Por otra parte, últimamente yo no había prestado demasiada atención a *mister* Astley, y Polina siempre había sido un misterio para mí. Hasta tal punto era un misterio que ahora, por ejemplo, al contarle a *mister* Astley toda la historia de mi amor por ella, me había sorprendido de pronto el hecho de que me resultara prácticamente imposible decir algo concreto o positivo de mi relación con ella. Al contrario, todo era caprichoso, extraño, inconsistente, no se parecía a nada que conociera—. Vale, de acuerdo, me he desviado del asunto y todavía hay muchas cosas que no entiendo —respondí como si me faltara el aliento—. De todos modos, usted es una buena persona. Pasemos a otro asunto, le pido a usted ya no un consejo, sino una opinión.

Me quedé callado un rato antes de comenzar:

—¿Por qué cree que se acobardó tanto el general? ¿Por qué han armado semejante jaleo con mi estúpida chiquillada? El asunto ha llegado a tal punto que el mismo Des Grieux ha considerado necesario inmiscuirse (y él solo se inmiscuye en los asuntos más importantes), venir a verme (¡imagínese!), y suplicarme, ¡suplicarme! ¡Él, Des Grieux, a mí! Por último, fíjese que vino casi a las diez de la mañana y ya tenía en sus manos la nota de *miss* Polina. Uno no puede evitar preguntarse cuándo fue escrita. ¿Acaso despertó a *miss* Polina para eso? Además de indicar que *miss* Polina es su esclava (¡me llega incluso a pedir perdón, a mí!), además de eso, ¿qué le va a ella personalmente en todo eso? ¿Por qué se interesa tanto? ¿Qué les asusta tanto de un barón? ¿Y qué es eso de que el general se casa con *mademoiselle* Blanche de Cominges? Dicen que tienen que conducirse de una forma *especial* debido a esa circunstancia, pero resulta demasiado especial. ¿No está de acuerdo conmigo? ¿Qué piensa? ¡Por su mirada estoy convencido de que de todo esto usted sabe mucho más que yo!

Mister Astley sonrió e inclinó la cabeza.

—Ciertamente, parece que sé mucho más que usted sobre este tema —dijo—. Todo esto tiene que ver únicamente con *mademoiselle* Blanche y estoy convencido de que no hay más.

—¿Pero qué sucede con *mademoiselle* Blanche? —grité con impaciencia (de pronto tuve la esperanza de descubrir algo más sobre *mademoiselle* Polina).

—Me parece que *mademoiselle* Blanche tiene ahora mismo un interés especial por evitar cualquier encuentro con el barón o la baronesa, sobre todo encuentros desagradables o, incluso peor, escandalosos.

—¡Pero! ¡Pero...!

—Hace tres años *mademoiselle* Blanche vino aquí, a Ruletemburgo, en temporada. Yo también estaba aquí. *Mademoiselle* Blanche no se llamaba

entonces *mademoiselle* de Cominges, del mismo modo que su madre *madame veuve* Cominges no existía por aquel entonces. Por lo menos, nadie la mencionó. Des Grieux... Des Grieux tampoco estaba. Estoy absolutamente convencido no solo de que no son familiares, sino de que ni siquiera hace mucho tiempo que se conocen. Des Grieux se ha convertido en marqués también hace bien poco, de eso estoy seguro por cierta circunstancia. Podríamos incluso suponer que no hace tanto que ha comenzado a llamarse Des Grieux. Conozco aquí a una persona que lo ha conocido con otro nombre.

—¿Pero no es cierto que tiene un respetable círculo de amistades?

—Oh, sí, puede ser. Incluso puede que *mademoiselle* Blanche lo tenga. Pero hace tres años *mademoiselle* Blanche recibió una invitación de la policía local para que abandonase la ciudad ante la queja de esta misma baronesa, y así lo hizo.

—¿Y cómo sucedió?

—Apareció aquí primero con un italiano, un príncipe o algo así, que tenía un apellido con solera, Barberini o algo parecido. El hombre iba lleno de anillos y brillantes, auténticos por cierto. Iban de un lado para otro con un increíble carruaje. A *mademoiselle* Blanche al principio le iba bien jugando al *trente et quarante,* pero luego la suerte comenzó a darle la espalda, si mal no recuerdo. Una tarde perdió una suma extraordinaria. Pero lo peor fue que un *beau matin* su príncipe desapareció sin dejar rastro. Con él desaparecieron los caballos, el carruaje... todo desapareció. En el hotel debían una suma enorme. *Mademoiselle* Zelma (cuando estaba con Barberini era *mademoiselle* Zelma) estaba absolutamente devastada. Aullaba y chillaba por todo el hotel, y en pleno frenesí dejó su vestido hecho jirones. En el hotel había un conde polaco (todos los polacos que viajan son condes) y *mademoiselle* Zelma, que se había rasgado el vestido y se había arañado la cara como una gata con sus hermosas y perfumadas manos, le causó una fuerte impresión. Hablaron entre ellos y para el almuerzo ya se había calmado. Por la tarde aparecieron los dos juntos de la mano en el casino. *Mademoiselle* Zelma se reía, como es su costumbre, muy alto, y en sus gestos se podía ver algo más de desenvoltura. Entró inmediatamente a formar parte de ese grupo de damas que juegan a la ruleta, acercándose a la mesa a fuerza de codazos para abrirse un hueco. Aquí, entre esas damas, resulta especialmente *chic*. Lo habrá notado usted.

—Oh, sí.

—No merece la pena ni comentarlo. Para irritación del público decente, a estas damas no se les pide que se vayan, por lo menos mientras cambian cada día en la mesa billetes de mil francos. Aunque es cierto que en cuanto dejan de cambiar billetes se les pide que se alejen. *Mademoiselle* Zelma continuó cambiando billetes, pero seguía sin tener suerte en el juego. Fíjese que estas damas muy a menudo tienen suerte en el juego. Tienen un sorprendente control sobre sí mismas. La historia termina así. Un día, igual que había desaparecido el príncipe, desapareció también el conde. *Mademoiselle* Zelma apareció a jugar por la tarde sola, esta vez no hubo nadie que le ofreciera el brazo. Dos días después lo había perdido todo. Cuando perdió su último luis de oro, miró a su alrededor y vio junto a ella al barón Burmerhelm, que la miraba con mucha atención y un profundo disgusto. Pero *mademoiselle* Zelma no percibió el disgusto y, dirigiéndose al barón con su famosa sonrisa, le pidió que pusiera por ella en el rojo diez luises de oro. La consecuencia de esto fue que esa misma tarde, ante la queja de la baronesa, fue invitada a no aparecer más por el casino. Que no le sorprenda que conozca todos estos detalles y minucias absolutamente indecorosos: *mister* Fider, un familiar mío que esa tarde llevó en su carruaje a *mademoiselle* Zelma de Ruletemburgo a Spa, me lo contó de primera mano. Recuerde, *mademoiselle* Blanche quiere ser generala, probablemente para no tener que volver a recibir invitaciones como la de hace tres años de la policía del casino nunca más. Ahora ya no juega. Pero eso es porque ahora, según parecen indicar todos los indicios, tiene un capital que presta a los jugadores locales por un porcentaje. Eso resulta mucho más rentable. Sospecho que incluso el desdichado del general le debe dinero. Puede que hasta Des Grieux le deba. Puede que Des Grieux sea su socio. Estará de acuerdo conmigo en que no le interesa en absoluto atraer la atención del barón y la baronesa antes de la boda. En otras palabras, en su situación lo último que le interesa es que haya un escándalo. Usted está relacionado con su casa y su comportamiento

podría dar pie a un escándalo, tanto más cuando se la puede ver todos los días en público del brazo del general o de *miss* Polina. ¿Entiende ahora?

—¡No, no lo entiendo! —grité yo, golpeando con tal fuerza sobre la mesa que el *garçon* se acercó corriendo, asustado.

—Dígame, *mister* Astley —repetí en pleno frenesí—, si ya conocía toda esta historia y por lo tanto sabía perfectamente quien era *mademoiselle* Blanche de Cominges, ¿por qué razón no me advirtió a mí o al general, o al menos a *miss* Polina, que aparece aquí en público en el casino del brazo con *mademoiselle* Blanche? ¿Cómo es posible?

—A usted no tenía que advertirle, puesto que usted nada podía hacer —contestó tranquilamente *mister* Astley—. Por otro lado ¿de qué debía advertirle? El general puede que sepa de *mademoiselle* Blanche más que yo, y a pesar de eso pasea con ella y con *miss* Polina. El general es un infeliz. Ayer vi cómo *mademoiselle* Blanche trotaba sobre un hermoso caballo con *monsieur* Des Grieux y con ese pequeño príncipe ruso mientras el general trotaba detrás suyo en un alazán. Por la mañana me dijo que le dolían las piernas, pero que había aguantado bien en la silla. Y en ese momento lo vi de pronto como un hombre completamente acabado. Por otro lado, todo esto no es asunto mío y solo hace muy poco que he tenido el honor de conocer a *miss* Polina. Además (recordó de pronto *mister* Astley), ya le he dicho que no le reconozco el derecho a hacer ciertas preguntas, a pesar de que le tengo un sincero cariño...

—De acuerdo —dije yo levantándome—, ahora está más claro que el agua que *miss* Polina también lo sabe todo acerca de *mademoiselle* Blanche, pero que no puede separarse de su francés y que por eso accede a pasear con ella. Créame, no habría ninguna otra cosa que pudiera obligarla a pasear con *mademoiselle* Blanche o a rogarme a mí en una nota que no incomodara al barón. ¡Debe tratarse de esa fuerza ante la que todos se inclinan! Y, sin embargo, ¡fue ella la que me empujó hacia el barón! Diablos, ¡no hay manera de entender nada en todo este lío!

—Se olvida en primer lugar de que *mademoiselle* de Cominges es la prometida del general y, en segundo lugar, de que *miss* Polina, la hijastra del general, tiene un hermano y una hermana pequeños, los hijos del general, a

quienes este hombre loco ha abandonado completamente y a los que incluso ha despojado de sus bienes.

—¡Sí, sí! ¡Eso es cierto! Separarse de los niños significa abandonarlos completamente; quedarse significa defender sus intereses y puede que incluso salvar parte del patrimonio. Sí, sí, ¡eso es cierto! Pero a pesar de todo, ¡a pesar de todo! ¡Oh, ahora entiendo por qué se interesan todos tanto por la *babulinka*!

—¿Por quién? —preguntó *mister* Astley.

—Por esa vieja bruja en Moscú que no se muere y de la que esperan un telegrama que anuncie su fallecimiento.

—Sí, por supuesto, ha centrado todo el interés. ¡Todo depende de la herencia! En cuanto se confirme la herencia, el general se casará, *miss* Polina también quedará libre y Des Grieux...

—Sí, ¿y Des Grieux?

—Y Des Grieux recibirá el dinero que se le debe, eso es lo único que espera aquí.

—¡Lo único! ¿Usted cree que es lo único que espera?

—No sé de nada más —calló obstinadamente *mister* Astley.

—¡Pero yo sí lo sé, sí lo sé! —repetí iracundo—. Él también espera la herencia porque Polina recibirá su dote y, una vez que haya recibido el dinero, ella le echará los brazos al cuello. ¡Todas las mujeres son iguales! ¡Hasta las más orgullosas se acaban convirtiendo en indignas esclavas! ¡Polina solo es capaz de amar apasionadamente y de nada más! ¡Eso es lo que opino de ella! Obsérvela, especialmente cuando está sentada sola, pensativa... ¡Hay algo de predestinación, de sentencia, de maldición! Es capaz de todos los horrores de la vida y la pasión... ella... ella... pero ¿quién me está llamando? —exclamé de pronto—. ¿Quién grita? He oído cómo alguien gritaba en ruso: «¡Alexéi Ivánovich!». ¡Es una voz femenina, escuche, escuche!

Estábamos llegando al hotel. Casi sin darnos cuenta hacía tiempo que habíamos abandonado el café.

—Me había parecido escuchar unos gritos de mujer, pero no sé a quién llamaban. Y en ruso. Ahora veo de dónde vienen —le indiqué a *mister* Astley—: la que grita es aquella mujer que está sentada en esa gran silla que los lacayos están subiendo por la escalera. Detrás de ella suben las maletas, lo que significa que acababa de llegar en el tren. Pero ¿por qué me llama? Está gritando de nuevo, mire, nos hace gestos.

—Sí, ya veo que nos hace gestos —dijo *mister* Astley.

—¡Alexéi Ivánovich! ¡Alexéi Ivánovich! Ay, dios mío, ¡pero qué mentecato! —se oyeron los gritos de desesperación desde la entrada del hotel.

Nos acercamos casi a la carrera a las escaleras del hotel. Entré en el hall y... dejé caer los brazos de la sorpresa al tiempo que las piernas se me quedaban paralizadas.

CAPÍTULO IX

Transportada en su silla por las escaleras en volandas hasta la entrada del hotel, rodeada de sirvientes, sirvientas y de toda la obsequiosa servidumbre del hotel, a los que se había unido el mismísimo camarero jefe, que había salido para recibir a esa digna visitante que llegaba con tanto estrépito y escándalo, con su propio servicio y con tantos baúles y maletas... estaba... ¡la *bábushka*! Sí, era ella en persona, la temible y rica septuagenaria Antónida Vasílevna Tarásevicha, terrateniente y aristócrata moscovita, la *babulinka* sobre la que tantos telegramas se habían cruzado preguntando si había muerto o no, era ella en persona la que había aparecido como de la nada.

Como durante los últimos cinco años, había venido transportada en volandas en una silla, pero seguía igual de animada, provocativa, arrogante, tiesa en su asiento, vociferante, autoritaria y regañona con todos, idéntica a la que había tenido el honor de ver un par de veces desde que entré a trabajar como profesor en casa del general. Naturalmente, me quedé de pie frente a ella como una estatua, atónito por la sorpresa. Me divisó con su mirada de lince a más de cien pasos cuando la estaban metiendo en el hotel, me reconoció y se dirigió a mí por mi nombre y patronímico, algo que

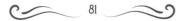

recordaba siempre con oírlo una sola vez. «Y a esta —pensé— esperaban ver en la tumba, enterrada y dejándoles la herencia. ¡Esta nos entierra a nosotros y a todo el hotel! Pero Dios mío, ¿qué va a ser ahora de todos ellos? ¡Qué pasará ahora con el general! ¡Va a poner el hotel patas arriba!».

—¡Pero bueno, querido! ¿Qué haces ahí de pie mirándome con los ojos como platos? —continuó gritando la abuela dirigiéndose a mí—. ¿Te has olvidado de cómo se saluda y se hace una reverencia, o qué? ¿No te deja tu orgullo? ¿O es que no me has reconocido? Oyes, Potapich —dijo dirigiéndose a su mayordomo que la acompañaba en el viaje, un viejo de pelo blanco y calva rosada vestido con frac y una corbata blanca—, oyes, ¡no me reconoce! ¡Me han enterrado! Han mandado un telegrama tras otro: «¿Está muerta ya?». ¡Lo sé todo! Y ya ves, aquí estoy, vivita y coleando.

—Perdóneme, Antónida Vasílevna, ¿por qué iba yo a desearle mal alguno? —contesté alegre cuando logré recuperarme—. Tan solo estaba sorprendido... Y cómo no sorprenderse, es tan inesperado...

—¿Y qué es lo que te sorprende? Me subí al tren y vine para acá. En el vagón se va muy cómodo, no había traqueteo. ¿Tú habías salido a pasear o qué?

—Sí, había ido al casino.

—Esto es agradable —dijo la abuela mirando a su alrededor—, hace calor y hay muchos árboles. ¡Me gusta! ¿Están todos en el hotel? ¿Y el general?

—¡Oh, sí! A esta hora probablemente estén todos en el hotel.

—¿Así que tienen horas establecidas para cada cosa tal y como debe ser? Dando buen ejemplo. Tengo entendido que tienen un carruaje, *les seigneurs russes*! ¡Se lo gastan todo y luego, al extranjero! ¿Y Praskovia está con ellos?

—Sí, Polina Alexándrovna también está con ellos.

—¿Y el francesito? Pero bueno, ya veré a todos yo misma. Alexéi Ivánovich, muéstrame el camino, vamos. ¿Te encuentras bien aquí?

—Más o menos, Antónida Vasílevna.

—Y tú, Potapich, dile a este mentecato del camarero que me lleve a una habitación cómoda, buena, que no esté muy alta, y que lleven las cosas allí enseguida. Pero ¿por qué tienen todos tantas ganas de llevarme en volandas? ¿Por qué se entrometen? ¡Parecen esclavos! ¿Quién es ese? —dijo dirigiéndose de nuevo hacia mí.

—Es *mister* Astley —respondí.

—¿Y quién es *mister* Astley?

—Un viajero y querido conocido mío. También conoce al general.

—Inglés. Por eso se me ha quedado mirando y no abre la boca. Aunque lo cierto es que me gustan los ingleses. Pero llevadme arriba, directamente a la habitación del general. ¿Dónde está?

Alzaron a la abuela. Yo iba delante por las anchas escaleras del hotel. Nuestra comitiva era realmente impactante. Todos los que nos cruzábamos por el camino se detenían y se quedaban con los ojos abiertos. Nuestro hotel está considerado el mejor, el más caro y el más aristocrático del balneario. En las escaleras y los pasillos siempre se cruza uno con espléndidas damas e ingleses importantes. Muchos de ellos fueron a preguntarle al camarero jefe, que a su vez estaba estupefacto. Por supuesto, contestó a todo el que le preguntó que era una extranjera de la alta sociedad, *une russe, une comtesse, grande dame* y que ocuparía la misma estancia que una semana antes había ocupado la *grande duchesse de N.* El aspecto autoritario e imperioso de la abuela, portada sobre su silla, era lo que más efecto causaba. Cada vez que se encontraba con alguien, lo miraba de arriba abajo con ojos inquisidores y me preguntaba cosas de todo el mundo en voz alta. La abuela era de grandes dimensiones y, aunque no se levantaba de la silla, se intuía, nada más verla, que tenía una altura considerable. Mantenía la espalda recta como una tabla y no la apoyaba en la silla. Llevaba la cabeza, grande y con canas y de rasgos toscos y fuertes, erguida. Miraba incluso de forma un tanto insolente y desafiante y era evidente que su mirada y sus gestos eran completamente naturales. A pesar de sus setenta y cinco años, tenía un cutis bastante terso y los dientes casi perfectos. Iba vestida con un traje de seda negra y una cofia blanca.

—Es extremadamente interesante —me susurró *mister* Astley, colocándose a mi lado.

«Sabe lo de los telegramas —pensé yo—, también conoce a Des Grieux, pero, por lo que parece, todavía no sabe demasiado de *mademoiselle* Blanche». Se lo dije inmediatamente a *mister* Astley.

Debo reconocer con cierta vergüenza que, en cuanto me repuse de la sorpresa inicial, me alegré enormemente del demoledor golpe que le íbamos

a asestar al general. Esta idea parecía azuzarme y me adelanté con una extraña alegría.

La familia se alojaba en el tercer piso. No anuncié nuestra llegada y ni siquiera llamé a la puerta, simplemente la abrí de par en par para que la abuela pasara con aire triunfal. Dentro, como a propósito, todo el mundo estaba reunido en la oficina del general. Eran las doce y parece que estaban planeado algún paseo todos juntos: unos se preparaban para ir en coche, otros a caballo. Habían invitado también a algunos conocidos. En el despacho, además del general, Polina con los niños y la niñera, estaban Des Grieux, *mademoiselle* Blanche, vestida de nuevo de amazona, su madre *madame veuve* Cominges, el pequeño príncipe y un científico alemán que estaba de viaje, y a quien yo veía por primera vez con el grupo. Dejaron la silla de la abuela directamente en el centro del despacho a tres pasos del general. Oh Dios mío, ¡nunca olvidaré esa sensación! Cuando entramos, el general estaba contando algo y Des Grieux lo corregía. Antes debo decir que, por alguna razón, *mademoiselle* Blanche y Des Grieux llevaban dos o tres días obsequiando al pequeño príncipe *à la barbe du pauvre général*[17] y el grupo, aunque de forma un tanto artificial, tenía un aire alegre y cordial. Al ver a la abuela, el general de pronto se quedó paralizado, abrió la boca y no pudo decir palabra. Clavó en ella los ojos como si hubiera quedado paralizado por la mirada de un basilisco. La abuela lo miraba también en silencio, inmóvil, pero ¡qué mirada tan triunfal, provocadora y burlona! Así estuvieron mirándose el uno al otro durante unos diez segundos, rodeados del profundo silencio de los presentes. Des Grieux, en un primer momento, se quedó paralizado, pero inmediatamente en su rostro comenzó a dibujarse una extraña intranquilidad. *Mademoiselle* Blanche alzó las cejas, abrió la boca y contempló a la abuela con pavor. El príncipe y el científico observaban la escena enormemente confundidos. El rostro de Polina reflejaba tremenda sorpresa y perplejidad, se quedó pálida como el papel y un minuto después la sangre le volvió a la cara y cubrió sus mejillas. ¡Sí, era una catástrofe para todos! Yo lo único que hacía era ir con la mirada de la abuela al resto de los presentes y de vuelta. *Mister* Astley estaba de pie en un lado, como era su costumbre, tranquilo y correcto.

---

17   En francés en el original: Delante de las narices del pobre general.

—¡Bueno, pues aquí estoy! ¡En lugar del telegrama! —estalló por fin la abuela, cortando el silencio—. ¿Qué, no os lo esperabais?

—Antónida Vasílevna... tía... pero cómo... —farfulló el infeliz general. Si la abuela hubiera mantenido el silencio unos segundos más puede que le hubiera dado un síncope.

—¿Cómo que cómo? Me subí al tren y me vine. ¿Para qué está si no el ferrocarril? ¿Pensabais que había estirado la pata y os había dejado la herencia? Ya sé yo que has estado mandando telegramas. Te ha debido de costar una fortuna, ¿no? No es barato desde aquí. Así que me vine en un santiamén. ¿Este es el francés? *Monsieur* Des Grieux, ¿no es cierto?

—*Oui, madame* —se apresuró a contestar Des Grieux—, *et croyez, je suis si enchanté... votre santé... c'est un miracle... vous voir ici, une surprise charmante...*[18]

—Sí, sí, *charmante*. Ya te conozco yo, farsante, ¡no me fío de ti ni un pelo! —dijo señalándolo con el meñique—. Y esta, ¿quién es? —dijo volviéndose hacia *mademoiselle* Blanche y señalándola. La llamativa francesa, vestida de amazona, con la fusta en la mano, parecía haberla impactado—. ¿Es de aquí?

—Es *mademoiselle* Blanche de Cominges y aquí está su mamá, *madame* de Cominges. Se alojan en este mismo hotel —la informé.

—¿Está casada su hija? —inquirió la abuela sin ceremonias.

—*Mademoiselle* de Cominges es soltera —respondí yo todo lo respetuosamente que pude y en voz baja a propósito.

—¿Es alegre?

No entendí la pregunta.

—¿Se aburre uno con ella? ¿Habla ruso? Cuando Des Grieux estuvo en Moscú hizo un esfuerzo por aprender nuestro idioma y algo chapurreaba.

Le expliqué que *mademoiselle* de Cominges nunca había estado en Rusia.

—*Bonjour!* —dijo la abuela dirigiéndose a *mademoiselle* Blanche.

—*Bonjour, madame* —dijo *mademoiselle* Blanche haciendo una elegante y ceremoniosa reverencia, que consiguió transmitir con todo el rostro y el

---

18 En francés en el original: Sí, señora [...] Y créame que estoy encantado [...] su salud [...] es un milagro [...] Verla aquí es una sorpresa maravillosa.

cuerpo, bajo el manto de una inmensa cortesía y modestia, una extraordinaria sorpresa por que se dirigieran a ella con semejante pregunta.

—Oh, entorna los ojos, hace melindres y se vuelve ceremoniosa. Ya veo yo qué tipo de pájaro es. Una actriz de esas. Me he alojado en este mismo hotel —dijo de pronto dirigiéndose al general—. Seré tu vecina, ¿no te alegra?

—¡Oh tía! Créame sinceramente... es un placer —dijo al instante el general. Ya había recuperado en parte su presencia de ánimo y, capaz como era cuando hacía falta de hablar con tino, con empaque, y podía decirse que hasta capaz de causar cierto efecto, se dispuso a explayarse—: Estábamos tan alarmados y abatidos por las noticias sobre su salud... Recibimos unos telegramas tan desesperanzadores... y de pronto...

—¡Mientes, mientes! —lo interrumpió inmediatamente la abuela.

—Pero ¿qué le ha llevado... —interrumpió inmediatamente el general subiendo la voz, haciendo como que no había oído ese «mientes»—, qué le ha llevado, por cierto, a decidirse a hacer un viaje así? Estará de acuerdo conmigo en que a su edad y en su estado de salud... Todo esto resulta tan inesperado, que es comprensible nuestra sorpresa. Pero estoy tan feliz... y todos —aquí comenzó a sonreír con ternura y arrobo— intentaremos por todos los medios que pase una agradable estancia mientras esté con nosotros...

—Bueno, ya basta. Es palabrería inútil, hablas sin ton ni son, como de costumbre; sé cuidar bien de mí misma. Pero bueno, no os voy a rechazar el ofrecimiento. No os guardo rencor. Preguntas que cómo he venido. ¿Qué es lo que tiene de sorprendente? De la forma más sencilla. ¿Y por qué se asombran todos? Saludos, Praskovia. ¿Tú qué haces aquí?

—Buenos días, abuela —dijo Polina acercándose a ella—. ¿Ha sido muy largo el viaje?

—Es la pregunta más inteligente que me han hecho, en lugar de tanto «¡ay!» y «¡ay!». Pues verás, estuve mucho tiempo tumbada y no hacían más que darme medicinas, así que eché a los médicos y llamé al sacristán de Nikola. Había curado a una campesina de la misma enfermedad con heno. Y a mí también me ayudó. Al tercer día lo sudé todo y me levanté. Después se juntaron de nuevo mis médicos alemanes, se pusieron las gafas y dijeron al

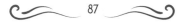

unísono: «Si ahora —dijeron— se va al extranjero a tomar las aguas se le pasará completamente la obstrucción». «¿Y por qué no?», pensé. Los estúpidos de los Zazhiguin comenzaron a lanzar ayes. «Pero ¿adónde va?», me decían. ¡Pero mira tú por dónde! En un día lo tuve todo dispuesto y el viernes de la semana pasada cogí a una muchacha, a Potapich y a Fiódor, el lacayo, aunque a Fiódor lo mandé a casa en Berlín porque vi que no me hacía falta para nada y que podía llegar yo solita... Compré un billete en un vagón especial y en todas las estaciones hay porteadores que te llevan adonde quieras por dos *grivnias*. ¡Menuda estancia! —concluyó mirando a su alrededor—. ¿De dónde has sacado el dinero, querido? Si todo lo que tienes está hipotecado. ¡Solo a este francesito ya le debes todo un dineral! ¡Cómo ves lo sé todo, todo!

—Yo, tía... —comenzó el general totalmente confuso—, estoy sorprendido tía... creo que puedo hacer lo que me plazca sin que me controlen... además, mis gastos no exceden mis medios y nosotros aquí...

—¿Qué no los exceden? ¡Y que lo digas! Has debido de robarles a los niños lo último que les quedaba, ¡vaya tutor!

—Después de eso, después de esas palabras... —comenzó el general con desagrado—, ya no sé qué...

—¡Sí, sí, no sabes! Seguro que no te apartas de la ruleta. ¿Te lo has jugado todo?

El general quedó tan estupefacto que por poco se atraganta con la avalancha de sentimientos que lo asaltó.

—¡A la ruleta! ¿Yo? Con mi posición... ¿Yo? Recapacite tía, todavía debe de estar convaleciente...

—Mientes, mientes. Seguro que no te pueden sacar de ahí, ¡mientes! Hoy mismo voy a ir a ver qué es eso de la ruleta. Tú, Praskovia, cuéntame, ¿qué se puede ver por aquí? Alexéi Ivánovich también me dará una vuelta; tú, Potapich, toma nota de todos los sitios adonde haya que ir. ¿Qué se puede visitar por aquí? —se dirigió de nuevo hacia Polina.

—Aquí cerca están las ruinas del castillo; después está Schlangenberg.

—¿Qué es eso de Schlangenberg? ¿Un bosque o qué?

—No, no es un bosque, es una montaña, hay una cima...

—¿Qué tipo de cima?

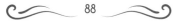

—Es el punto más alto de la montaña, tiene una zona vallada desde donde hay una vista incomparable.

—¿Se puede subir la silla a esa montaña? ¿Podrán arrastrarla o no?

—Oh, claro, podemos buscar porteadores —respondí yo.

En ese momento apareció Fedosia, la niñera, con los hijos del general, a saludar a la abuela.

—Pero ¡nada de besos! No me gustar besar a los niños. Todos los niños tienen mocos. Dime, ¿cómo estás aquí, Fedosia?

—Aquí *mu* bien, *mu* bien, señora Antónida Vasílevna —respondió Fedosia—. ¿Cómo está usted, señora? Estábamos tan *preocupaos* por usted.

—Lo sé, tú eres un alma cándida. Y estos de aquí quiénes son, ¿todos invitados? —Se volvió de nuevo a Polina—. ¿Quién es este personajillo con gafas?

—El príncipe Nilski, abuela —le susurró Polina.

—¿Es ruso? ¡Pensé que no me entendería! ¡Puede que no lo haya oído! A *mister* Astley ya lo he visto. Aquí está de nuevo —dijo la abuela mirándolo otra vez—. ¡Buenos días! —le espetó.

Mister Astley hizo una inclinación.

—¿Qué me dice de bueno? ¡Dígame algo! Tradúcele eso, Polina.

Polina se lo tradujo.

—Que la estoy viendo con gran placer y me alegro de que goce de buena salud —respondió *mister* Astley serio, pero con una extraordinaria disposición. Se lo tradujeron y a la abuela pareció gustarle.

—Qué bien responden siempre los ingleses —observó—. Por alguna razón, siempre me han gustado los ingleses. ¡No tienen ni punto de comparación con los franceses! Venga a visitarme —dijo dirigiéndose de nuevo a *mister* Astley—. Intentaré no molestarle demasiado. Tradúcele eso y dile que estoy aquí abajo, aquí abajo, ha oído, abajo, abajo —le repitió a *mister* Astley señalando con el dedo hacia abajo.

Mister Astley parecía muy feliz con la invitación.

La abuela miró con atención y satisfacción de la cabeza a los pies a Polina.

—Me enamoraría de ti, Praskovia —dijo de pronto—, eres una muchacha estupenda, la mejor de todos, y tienes un carácter... ¡vaya! Pero bueno, yo también tengo carácter. Ven aquí, ¿esto que tienes aquí es un moño postizo?

—No abuela, es mi pelo.

—Muy bien, muy bien, no me gusta esa estúpida moda de hoy en día. Eres muy guapa. Si fuera un caballero me enamoraría de ti. ¿Por qué no te casas? Pero bueno, ya es hora de que me vaya. Además, me apetece pasear, llevo metida en el vagón demasiado tiempo... Y tú qué, ¿sigues enfadado? —dijo dirigiéndose al general.

—Pero ¿qué dice, tía? —soltó alegre el general—. Comprendo que a su edad...

—*Cette vieille est tombée en enfance*[19] —me susurró Des Grieux.

—Quiero ver todo lo que haya que ver por aquí. ¿Me prestas a Alexéi Ivánovich? —continuó la abuela, dirigiéndose al general.

—Oh, por supuesto, como quiera, pero yo mismo... y Polina y *monsieur* Des Grieux... Todos, para todos sería un placer acompañarla...

—*Mais, madame, cela sera un plaisir*[20] —dijo Des Grieux a la abuela con una sonrisa cautivadora.

—Sí, sí, *plaisir*. Pero qué divertido es, señor. Además, no te pienso dar dinero —añadió de pronto dirigiéndose al general—. Ahora a mis habitaciones. Vamos a echar un vistazo y después iremos a todos sitios. Levantadme.

Levantaron de nuevo a la abuela y todos fueron en grupo detrás de la silla, bajando por las escaleras. El general iba atontado, como si le hubieran dado un bastonazo en la cabeza. Des Grieux iba rumiando algo. *Mademoiselle* Blanche quería quedarse, pero por alguna razón decidió unirse al grupo. El príncipe salió inmediatamente detrás de ella, por lo que arriba, en la habitación del general, quedaron únicamente el alemán y *madame veuve* Cominges.

---

19   En francés en el original: Esta vieja está senil.

20   En francés en el original: Pero señora, será un placer.

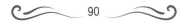

CAPÍTULO X

En ESTE balneario, y por lo visto en toda Europa, los gerentes y los jefes de camareros de los hoteles se guían más por su criterio a la hora de adjudicar las habitaciones a los huéspedes que por las exigencias o deseos de estos, y hay que reconocer que raras veces se equivocan. Pero a la abuela, todavía no sabemos por qué, le han dado una habitación tan lujosa que me parece que se les ha ido la mano. Cuatro habitaciones espléndidamente decoradas con baño, habitaciones para el servicio, una habitación especial para la doncella, etc., etc... Unas habitaciones donde, por cierto, la semana anterior se había alojado una *grande duchesse,* lo que, por supuesto, se comunicó inmediatamente a los nuevos inquilinos con el propósito de subir un tanto el precio de la habitación. Condujeron, o mejor dicho trasladaron, a la abuela por todas las habitaciones y ella las observó atenta y rigurosamente. El jefe de camareros, un hombre calvo ya mayor, la acompañó respetuosamente en esta primera inspección.

No sé por quién han tomado a la abuela, pero al parecer han creído que es una persona extraordinariamente importante y, sobre todo, rica. En el registro escribieron directamente: *«Madame la générale princesse de Tarassevitcheva»,* aunque la abuela nunca ha sido princesa. Probablemente la razón de semejante prestigio se debe a su propio servicio, a haber viajado en un vagón especial y a la gran cantidad de baúles innecesarios, maletas e incluso cofres que ha traído consigo; la silla, la voz y el tono cortante de voz de la abuela, las excéntricas preguntas que hacía sin mostrar vergüenza y sin aceptar réplica alguna, en otras palabras, la imagen general de la abuela, recta, cortante, imperiosa, no hicieron sino confirmar la veneración general que se le profesaba. Durante la inspección la abuela de pronto ordenaba que pararan la silla, señalaba alguna cosa del mobiliario y hacía una pregunta inesperada al jefe de camareros, que, si bien seguía sonriendo con respeto, ya empezaba a sentirse algo nervioso. La abuela preguntaba en francés, una lengua que, por otro lado, hablaba bastante mal, por lo que a menudo yo tenía que traducir. Las respuestas del jefe de camareros en general no le gustaban y parecía quedar insatisfecha, aunque lo cierto es que sus preguntas no tenían mucho sentido, Dios sabe a santo de qué las hacía. Por ejemplo, de pronto se detuvo frente a un cuadro, una copia bastante mala de algún original conocido con un tema mitológico.

—¿De quién es el retrato?

El jefe de camareros le explicó que, probablemente, de alguna condesa.

—¿Cómo puedes no saberlo? Vives aquí y no lo sabes. ¿Por qué está aquí? ¿Por qué está bizca?

El jefe de camareros era incapaz de contestar satisfactoriamente a todas estas preguntas e incluso parecía perdido.

—¡Pero qué zopenco! —espetó la abuela en ruso.

Continuaron con la visita. La misma historia se repitió ante una estatuilla de Sajonia que la abuela se quedó contemplando durante un buen rato para luego pedir, sin más explicación, que la retiraran. Por último, se quedó mirando fijamente al camarero jefe y le preguntó cuánto habían costado las alfombras y dónde las tejían. El jefe de camareros prometió averiguarlo.

—¡Menuda panda de asnos! —dijo entre dientes la abuela dirigiendo toda su atención a la cama.

—¡Qué baldaquín tan pomposo! Retirad las cortinas.

Destaparon la cama.

—Abridlo más, del todo. Quitad la almohada, los almohadones, levantad el colchón.

Retiraron todo. La abuela lo inspeccionó con atención.

—Menos mal que no hay chinches. ¡Quitad la ropa de cama! Que pongan mis sábanas y mis almohadas. Todo esto es demasiado lujoso, ¿para qué quiere una anciana como yo una habitación así? Me aburro sola. Alexéi Ivánovich, ven a verme a menudo, cuando no estés dando clase a los niños.

—Desde ayer ya no sirvo más en casa del general —le respondí yo—, y vivo en el hotel por mis propios medios.

—Y eso, ¿por qué?

—El otro día llegó de Berlín un conocido barón alemán con su mujer, la baronesa. Ayer, dando un paseo, comencé a hablar con él en alemán y no pude soportar su acento berlinés.

—Bueno, ¿y qué?

—Él lo consideró una insolencia y se quejó ante el general y ese mismo día él me despidió de su servicio.

—Pero ¿qué hiciste? ¿Insultaste a ese barón o qué? (¡Aunque no habría pasado nada si lo hubieras insultado!).

—¡Oh, no! Al contrario, el barón me levantó a mí el bastón.

—Y tú, ¡permitiste que se dirigiera así a tu profesor! —dijo de pronto dirigiéndose al general—. ¡Y además lo despediste! Sois unos zoquetes; ya veo que sois todos unos pazguatos.

—No te preocupes tía —respondió el general con cierta condescendencia familiar—, sé llevar mis propios asuntos. Por otro lado, Alexéi Ivánovich no os ha relatado las cosas como realmente sucedieron.

—¿Y tú lo aceptaste sin más? —se dirigió a mí.

—Me hubiera gustado retar a duelo al barón —le respondí tan humilde y tranquilo como pude—, pero el general se opuso.

—Y tú, ¿por qué te opusiste? —dijo dirigiéndose de nuevo al general—. Y tú, ya puedes retirarte, ven cuando te llame —le dijo al camarero jefe—. No te quedes ahí como un tonto de pie con la boca abierta. No soporto esa cara de Núremberg. —Este hizo una inclinación y salió sin entender una palabra de los piropos de la abuela.

—Perdóneme tía, pero ¿acaso están permitidos los duelos? —respondió el general con una sonrisa.

—¿Y por qué no van a estar permitidos? Todos los hombres son unos gallitos, así que a pelearse. Sois todos unos zoquetes, está clarísimo, no sois capaces de defender vuestra patria. ¡Levantadme, venga! Potapich, ordena que haya siempre preparados dos porteadores, negocia con ellos y contrátalos. Con dos basta. Solo hace falta que me levanten en las escaleras; en llano, por la calle, pueden ir empujándome; díselo y págales por adelantado, tendrán más cuidado. Tú quédate siempre a mi lado, y tú, Alexéi Ivánovich, muéstrame a ese barón cuando nos lo encontremos de paseo. Quiero ver cómo es ese Von barón, aunque solo sea para echarle un vistazo. Bueno, y esa ruleta, ¿dónde está?

Le expliqué que las ruletas se encontraban en las salas de juego del casino. Después vinieron las preguntas: ¿hay muchas? ¿Juega mucha gente? ¿Se juega todo el día? ¿Cómo están dispuestas? Al final le respondí que lo mejor era que lo viera con sus propios ojos, porque resultaba difícil describirlo.

—¡Pues que me lleven directamente allí! Ve por delante, Alexéi Ivánovich.

—Pero ¿cómo, tía? ¿Acaso no va a descansar del viaje siquiera? —preguntó preocupado el general. Estaba inquieto, todos estaban inquietos y comenzaron a cruzarse miradas. Probablemente les resultaba algo delicado, incluso vergonzoso, acompañar a la abuela al casino, donde podía, evidentemente, salir con cualquier excentricidad, pero esta vez en público. Sin embargo, todos ellos se ofrecieron a acompañarla.

—¿Y para qué voy a descansar? No estoy cansada, y aunque lo estuviera, llevo cinco días sentada. Luego iremos a ver los manantiales y las aguas medicinales. Y después... cómo era eso... ¿cómo dijiste, Praskovia, la cima, o qué?

—La cima, abuela.

—Cima. Pues la cima. ¿Y qué más hay aquí?

—Hay muchas cosas que ver —dijo algo incómoda Polina.

—¡Tú tampoco lo sabes! Marfa, tú también vendrás conmigo —le dijo a su doncella.

—¿Pero para qué quieres que vaya Marfa? —saltó preocupado de pronto el general—. Además, no se puede. No creo que dejen entrar siquiera a Potapich en el casino.

—¡Qué vergüenza! ¡La voy a dejar tirada por ser una sirviente! También es un ser humano. Llevamos correteando por los caminos toda una semana, ella también quiere verlo. ¿Con quién va a ir si no es conmigo? Sola no se atreve ni a sacar la nariz a la calle.

—Pero abuela...

—¿Qué pasa? ¿Que te da vergüenza ir conmigo o qué? Entonces quédate en casa, nadie te ha preguntado. Menudo general. Yo también soy una generala. Es más, ¿por qué tenéis que seguirme en comitiva todos detrás? Me basta con Alexéi Ivánovich para verlo todo...

Pero Des Grieux insistió decidido en que todos la acompañarían, lanzando toda una andanada de amables frases sobre el placer que sería ir con ella y cosas por el estilo. Nos pusimos en marcha.

—*Elle est tombée en enfance* —repetía Des Grieux al general—, *seule, elle fera des bêtises...*[21]

No pude oír nada más, pero era evidente que algo tenía planeado y puede que incluso hubieran renacido sus esperanzas.

Hasta el casino había media versta. Tomamos un camino que transcurría por una avenida de castaños hasta la plaza, la rodeamos y llegamos directos al casino. El general, al ver que nuestra procesión, aunque algo excéntrica, era por lo menos correcta y decente, se tranquilizó un poco. No había nada de sorprendente en el hecho de que en el balneario apareciera una persona enferma y debilitada que no podía andar. Pero, evidentemente, al general le daba miedo el casino. ¿Para qué razón iba una persona enferma, inválida y además anciana a jugar a la ruleta? Polina y *mademoiselle* Blanche caminaban una a cada lado de la silla. *Mademoiselle* Blanche se reía, mostraba una modesta alegría e incluso bromeaba cariñosa a ratos con la abuela, hasta el punto que esta finalmente la elogió. Polina, en el otro lado, tenía que contestar a las constantes e infinitas preguntas de la abuela, como por ejemplo: «¿Quién es ese que ha pasado por ahí?», «¿Quién era esa que iba

---

21 En francés en el original: Si se queda sola, hará cualquier tontería.

en el carruaje?», «¿Es grande esta ciudad?», «¿Es grande este parque?», ¿Qué árbol es este? ¿Cuáles son esas montañas? ¿Hay águilas aquí? «¿Qué es ese tejado tan ridículo?». *Mister* Astley iba junto a mí y me susurraba que tenía grandes esperanzas puestas en esta mañana. Potapich y Marfa iban justo detrás de la silla. Potapich, con frac y corbata blanca, pero con gorra, y Marfa, una mujer de unos cuarenta años, sonrosada pero que había ya empezado a encanecer, con cofia, traje de percal y botas de cuero de cabra que crujían al andar. La abuela se dirigía a ellos todo el rato y hablaba con los dos. Des Grieux y el general iban un poco rezagados y hablaban sobre algo muy acalorados. El general parecía alicaído, Des Grieux hablaba con aire enérgico. Puede que intentara animar al general. Era evidente que le estaba dando algún consejo. Pero la abuela hacía poco había pronunciado la frase fatídica: «No te voy a dar dinero». Puede que Des Grieux pensase que eso era poco probable, pero el general conocía a su tía. Me di cuenta de que Des Grieux y *mademoiselle* Blanche continuaban intercambiando miradas. Al final de la avenida pude ver al príncipe y al viajero alemán. Se habían quedado atrás y acabaron separándose de nosotros.

Llegamos al casino triunfantes. Entre los porteros y sirvientes se observó la misma deferencia que entre el servicio del hotel. Sin embargo, aquí nos miraban con curiosidad. La abuela hizo de nuevo que la pasearan por todas las salas. Alabó algunas, otras la dejaron completamente indiferente. Hacía preguntas sobre todo. Finalmente, llegamos a las salas de juego. El lacayo que se encontraba haciendo guardia junto a las puertas cerradas las abrió de par en par perplejo.

La aparición de la abuela en la ruleta causó una gran impresión entre los asistentes. Alrededor de las mesas de ruleta y en el otro extremo de la sala donde se encontraba la mesa de *trente et quarante,* se agolpaban entre ciento cincuenta y doscientos jugadores en varias filas. Aquellos que conseguían abrirse paso hasta la mesa, por lo general, se hacían fuertes ahí y no abandonaban su lugar hasta que no lo perdían todo, ya que no estaba permitido quedarse como simple observador ocupando un lugar de juego. Aunque alrededor de la mesa había sillas, eran pocos los jugadores que se sentaban, especialmente cuando había una gran afluencia de público,

porque de pie cabía más gente y por lo tanto se ahorraba más espacio y era más cómodo apostar. Detrás de esa primera fila se agolpaban una segunda y una tercera que observaban y esperaban a que llegara su turno e, impacientes, de vez en cuando colaban una mano a través de la primera fila para hacer sus apuestas. Había quien se las apañaba para colar sus apuestas de esta manera desde la tercera fila. Por este motivo, no pasaban diez minutos o incluso cinco sin que en un extremo de la mesa se armara un «escándalo» por la disputa de una apuesta. La seguridad del casino, por cierto, era bastante buena. Era imposible, por supuesto, evitar las aglomeraciones. La afluencia de público, al contrario, significaba beneficios. Había ocho crupieres sentados alrededor de la mesa, controlando atentamente todas las apuestas; ellos también calculaban las ganancias y, en caso de disputa, las resolvían. Solo en casos extremos llamaban a la policía y el asunto se daba por zanjado en un minuto. Los policías estaban en la sala, entre los espectadores, vestidos de paisano, por lo que era imposible reconocerlos. Vigilaban sobre todo a los ladrones y estafadores, que abundan especialmente en la ruleta, ya que esta presenta oportunidades excelentes para ejercer el oficio. Lo cierto es que en cualquier otro sitio tienen que robar de los bolsillos o abriendo cerrojos, lo que, en caso de no salir bien, suele acabar en problemas. Aquí es de lo más sencillo, tan solo hay que acercarse a la ruleta, comenzar a jugar y de pronto, a la vista de todos y sin vergüenza, coger las ganancias de otro y llevárselas al bolsillo; si comienza una discusión, el timador insiste a voz en grito en que la apuesta era suya. Si se hace con arte y los testigos dudan, el ladrón muy a menudo consigue llevarse el dinero, siempre y cuando la suma no sea demasiado importante; si lo es, lo más probable es que lo detecten los crupieres o algún otro jugador. Pero si no se trata de demasiado dinero a veces el legítimo propietario llega a desistir de la discusión y abandona ante la vergüenza que le provoca el escándalo. Pero si se consigue desenmascarar al ladrón, se lo saca de allí montando una escena.

La abuela miraba todo esto desde lejos, con una increíble curiosidad. Le gustó especialmente lo de que se llevaran a los ladronzuelos. El *trente et quarante* no la sedujo mucho; la ruleta, en cambio, le gustó mucho más, sobre todo que la bola girara. Finalmente, se decidió a ver el juego más de cerca. No entiendo cómo sucedió, pero en tan solo unos instantes, entre unos lacayos y unos personajes que pululaban alrededor (en su mayoría polacos sin suerte que se ponían al servicio de jugadores con suerte o de cualquier extranjero), encontraron un lugar para la abuela en el mismo centro de la mesa, junto al crupier principal, y lo dejaron libre llevando hasta allí la silla a pesar de la multitud que se agolpaba. En un instante se apelotonó alrededor de la mesa una muchedumbre de espectadores, de los que miran el juego (en su mayoría ingleses con sus familias), para ver a la abuela entre los jugadores. Muchos impertinentes se enfocaron sobre ella. Los crupieres comenzaron a hacerse ilusiones: una jugadora tan excéntrica anunciaba algo poco común. Una mujer de setenta años, paralítica, que quería jugar a la ruleta, era evidentemente algo inusual. Me abrí paso hasta la mesa y me acomodé junto a la abuela. Potapich y Marfa se quedaron en la distancia a un lado, entre la multitud. El general, Polina, Des Grieux y *mademoiselle* Blanche también se situaron a un lado, entre los espectadores.

En un principio, la abuela tan solo observó a los jugadores. Me hacía preguntas bruscas y entrecortadas en un murmullo. ¿Quién es ese? ¿Esa quién es? Le gustó sobre todo un jugador muy joven en un extremo de la mesa que estaba jugando fuerte, apostando por miles, y que ya había ganado, según susurraban alrededor, unos cuarenta mil francos que se acumulaban frente a él en un montón de oro y billetes. Estaba pálido, le brillaban los ojos y le temblaban las manos. Apostaba ya todo lo que le cabía en las manos sin hacer ningún cálculo y no dejaba de ganar, acumulando cada vez más dinero. Alrededor suyo revoloteaba una nube de lacayos que le pusieron una silla detrás y liberaron espacio a su alrededor para que tuviera más aire y no lo atosigaran; todo con la esperanza de obtener una generosa retribución. Hay jugadores que cuando ganan reparten lo que sacan del bolsillo en un puño sin contarlo, de pura felicidad. Cerca del joven ya se había situado un polaquillo que, con respeto pero sin pausa, intentaba a toda costa susurrarle algo, probablemente decirle qué debía apostar, aconsejándolo y dirigiéndolo en el juego, esperando por supuesto también la correspondiente propina. Pero el jugador casi ni lo miraba,

apostaba sin pensar y seguía acumulando dinero. Era evidente que había perdido la cabeza.

La abuela lo observó algunos minutos.

—Dile —dijo de pronto la abuela preocupada dándome un codazo—, dile que lo deje ya, que coja el dinero y que se vaya. ¡Va a perderlo todo, va a perderlo todo! —dijo agitada, respirando con dificultad por la emoción—. ¿Dónde está Potapich? ¡Mandadle a Potapich! Díselo, vamos díselo —repitió empujándome—. Pero ¿dónde está Potapich? *Sortez, sortez!* —comenzó a gritarle al joven.

Yo me incliné junto a ella y le susurré con decisión que aquí no se podía gritar así y que ni siquiera estaba permitido hablar con los demás en voz alta, porque eso distrae a la hora de hacer las cuentas, y que nos iban a echar.

—¡Qué lástima! Está perdido, pero bueno es asunto suyo... No lo soporto, me revuelve las tripas. ¡Menudo mentecato! —dijo la abuela girándose rápidamente hacia el otro extremo.

Allí a la izquierda, en la otra mitad de la mesa, entre los jugadores, se podía ver a una joven dama y junto a ella a un enano. No tengo la menor idea de quién era el enano, si se trataba de algún familiar suyo o de alguien a quien había traído para causar efecto. Yo ya me había fijado en esta dama. Venía a la mesa todos los días a la una y se iba a las dos en punto. Cada día jugaba durante una hora. Ya la conocían e inmediatamente le pusieron una silla. Sacó del bolso algunas monedas de oro y algunos billetes de mil francos y comenzó a apostar en silencio, con sangre fría, con cálculo, apuntando con un lápiz en un papel unas cifras e intentando descubrir el sistema por el que se estaban agrupando las jugadas. Apostaba sumas considerables. Ganaba cada día mil, dos mil, o como mucho tres mil francos, no más, y una vez que había ganado se iba. La abuela la estuvo observando un buen rato.

—¡Mira! ¡Esta no pierde! ¡Esta seguro que no pierde! ¿De dónde es? ¿No lo sabes? ¿Quién es?

—Será una francesa... una de esas —le susurré.

—Ah, se reconoce a un pájaro por su vuelo. Se ve que tiene las garras afiladas. Ahora, explícame: ¿qué significa cada vuelta y cómo hay que apostar?

Le expliqué a la abuela como pude lo que significaban las múltiples combinaciones de apuestas, *rouge et noir, pair et impair, manque et passe* y, finalmente, los diferentes matices del sistema de números. La abuela escuchaba atentamente, memorizaba, me volvía a preguntar y se lo aprendía. Para cada modalidad de apuesta aparecía inmediatamente un ejemplo, por lo que podía aprender y recordarlo todo rápida y fácilmente. La abuela finalmente quedó satisfecha.

—¿Y qué es el *zéro*? Ese crupier de pelo rizado, el principal, ha gritado ahora mismo *zéro*. ¿Y por qué ha recogido todo lo que había sobre la mesa? ¿Se lleva todo ese montón? ¿Qué sucede?

—Cuando sale el *zéro*, abuela, gana la banca. Si la bola cae en el *zéro*, todo lo que se haya apostado en la mesa pertenece a la banca sin hacer cuentas. Es cierto que puedes jugar para no perderlo, pero la banca no te paga nada.

—¡Pero bueno! ¿Y no me darían nada?

—No, abuela, si antes de eso hubiera usted apostado al *zéro* y después saliera el *zéro,* le pagarían treinta y cinco veces más.

—¿Cómo? ¿Treinta y cinco veces? ¿Y sale a menudo? ¿Y por qué esos tontos no apuestan?

—Hay treinta y seis posibilidades en contra, abuela.

—¡Qué tontería! ¡Potapich! ¡Potapich! Espera, yo también tengo dinero, ¡aquí está!

Del bolsillo sacó un monedero repleto y del mismo sacó un federico de oro.

—Apuéstalo al *zéro* ahora mismo.

—Abuela, el *zéro* acaba de salir —dije yo—, ahora tardará un buen tiempo en volver a salir. Va a perder mucho, espérese un poco.

—¡No digas tonterías, apuéstalo!

—Perdóneme, pero puede que no vuelva a salir hasta la tarde, puede perder hasta mil veces, ya ha pasado.

—¡Tonterías, tonterías! El que la sigue la consigue. ¿Qué? ¿Has perdido? ¡Vuelve a apostar!

Perdimos otro federico de oro y apostamos un tercero. La abuela no podía estar quieta en el sitio, le ardía la mirada, que tenía completamente fija

en la bola que daba vueltas sobre la rueda. Perdimos también el tercero. La abuela estaba fuera de sí, era un manojo de nervios, incluso golpeó con el puño sobre la mesa, cuando el crupier anunció *trente-six* en lugar del ansiado *zéro*.

—¡Aj, vaya con este! —se enfadó la abuela—. Pero ¿va a salir pronto ese maldito cero? ¡Que me muera si no estoy aquí hasta que salga el *zéro*! Es ese maldito crupier del pelo rizado, ¡nunca le sale! Alexéi Ivánovich, ¡esta vez apuesta dos monedas de oro! Apuestas tan poco que aunque salga el *zéro* no vamos a ganar nada.

—¡Abuela!

—¡Apuesta, apuesta! No es tuyo.

Coloqué los dos federicos de oro. La bola voló durante largo tiempo por la rueda y finalmente comenzó a saltar por las casillas. La abuela se quedó quieta, me apretó la mano y, de pronto, ¡patapum!

—*Zéro* —anunció el crupier.

—¿Lo ves, lo ves? —dijo la abuela girándose rápidamente hacia mí, resplandeciente y satisfecha.

—¡Te lo dije, te lo dije! El Señor en persona me ha dado la idea de apostar dos monedas de oro. Entonces, ¿cuánto recibo ahora? ¿Por qué no me lo dan? Potapich, Marfa, ¿dónde están? ¿Dónde se han ido todos los nuestros? ¡Potapich, Potapich!

—Después, abuela, después —le susurré—, Potapich está en la puerta, no lo dejan entrar aquí. Mire abuela, ya le están dando el dinero, cójalo.

Le entregaron un pesado paquete con cincuenta federicos de oro envueltos en papel azul y otros veinte federicos de oro sueltos. Se lo acerqué todo a la abuela con el rastrillo.

—*Faites le jeu, messieurs! Faites le jeu, messieurs! Rien ne va plus!*[22] —anunció el crupier, invitando a apostar y dispuesto a girar la ruleta.

—¡Ay, Señor! ¡Llegamos tarde! ¡Van a darle a la rueda! ¡Apuesta, apuesta! —dijo la abuela agitándose—. Date prisa. —Estaba fuera de sí y me golpeaba con todas sus fuerzas.

—Pero ¿dónde apuesto, abuela?

---

22   En francés en el original: ¡Hagan juego, señores! ¡Hagan juego! ¡No va más!

—¡Al *zéro*, al *zéro*! ¡Otra vez al *zéro*! ¡Apuesta todo lo que puedas! ¿Cuánto tenemos en total? ¿Setenta federicos de oro? Sin miedo, apuesta veinte federicos de oro de una vez.

—¡Piénselo, abuela! ¡A veces no sale en doscientas jugadas! Se lo aseguro, perderá todo el dinero.

—¡Mientes, mientes! ¡Apuesta! ¡Cómo le das a la cháchara! Sé lo que me hago —dijo la abuela comenzando incluso a temblar de la exaltación.

—Las normas dicen que no está permitido apostar más de doce federicos de oro al *zéro* de una vez, abuela, pero ya he apostado.

—¿Cómo que no está permitido? No me estarás mintiendo, ¿no? *Mesié! Mesié!* —le dijo al crupier que estaba a su izquierda dispuesto a poner en marcha la ruleta mientras le golpeaba—. *Combien zéro? Douze? Douze?*

Le expliqué la pregunta en francés al instante.

—*Oui, madame* —confirmó amablemente el crupier—, de igual manera que ninguna apuesta sencilla puede superar los cuatrocientos florines, según las reglas —añadió.

—Pues nada, apuesta doce.

—*Le jeu est fait!* —gritó el crupier. La ruleta comenzó a dar vueltas y salió el trece. Perdimos.

—¡Otra vez! ¡Otra vez! ¡Otra vez! ¡Apuesta otra vez! —gritó la abuela.

Desistí de llevarle la contraria y, encogiéndome de hombros, aposté otros doce federicos de oro. La ruleta giró un buen rato. La abuela temblaba literalmente mientras seguía la ruleta con la mirada. «¿Acaso cree de verdad que va a salir de nuevo el *zéro*?», pensaba yo observándola con asombro. En su rostro se podía ver brillar la absoluta convicción de que iba a ganar, la esperanza infalible de que iban a gritar «*Zéro!*». La bola saltó finalmente hasta una casilla.

—*Zéro!* —gritó el crupier.

—¡¡¡Qué!!! —La abuela se volvió hacia mí frenética por el triunfo.

Yo también era jugador, también había vivido ese momento. También me habían temblado las piernas y las manos, también se me había subido a la cabeza. Está claro que es algo muy poco habitual que en diez jugadas salga tres veces el cero, pero en realidad no tenía nada de sorprendente. Dos

días atrás yo mismo había presenciado cómo el *zéro* había salido tres veces seguidas y uno de los jugadores que apuntaba con celo todos los resultados en un papel comentó en voz alta que el día anterior no había salido más que una vez en todo el día.

Entregaron sus ganancias a la abuela con toda la atención y el respeto que se profesa al jugador que más gana. Tenía que recibir cuatrocientos veinte federicos de oros exactos, es decir cuatro mil florines y doce federicos de oro. Los doce federicos de oro se los dieron en oro y los cuatro mil, en billetes de banco.

Pero esta vez la abuela no llamó a Potapich. Otra cosa llamaba su atención. Y ni me daba empujones ni se la veía temblar. Por así decirlo, estaba temblando por dentro. Estaba completamente concentrada y absorta en algo:

—¡Alexéi Ivánovich! Ese hombre ha dicho que no se puede apostar más de cuatro mil florines en una sola jugada, ¿no es cierto? Toma, coge y apuesta los cuatro mil al rojo —decidió la abuela.

Era inútil intentar disuadirla. La ruleta comenzó a girar.

—*Rouge!* —anunció el crupier.

Los cuatro mil florines de ganancia se volvieron a transformar, esta vez en ocho mil.

—Dame cuatro y los otros cuatro ponlos de nuevo en el rojo —ordenó la abuela.

Volví a poner cuatro mil.

—*Rouge!* —anunció de nuevo el crupier.

—¡Un total de doce mil! Tráelos todos aquí. El oro échalo aquí, en el monedero, y esconde los billetes.

—¡Perfecto! ¡A casa! ¡Empujad la silla!

CAPÍTULO XI

LEVARON la silla hacia la salida que había en el extremo de la sala. La abuela estaba resplandeciente. La familia se apelotonó inmediatamente a su alrededor para felicitarla. Por muy excéntrico que fuera el comportamiento de la abuela, su triunfo había hecho que eso pasara a un segundo plano y el general ya no tenía miedo de ponerse en un compromiso reconociendo en público que era familiar de una mujer tan extraña. Felicitó a la abuela con una sonrisa cercana y alegre de condescendencia, como si estuviera consolando a un niño. Por otro lado, era evidente que estaba igual de sorprendido que el resto de espectadores. La gente que había alrededor hablaba de la abuela y la señalaba. Muchos pasaban junto a ella para verla de cerca. *Mister* Astley, a un lado, comentaba el suceso con dos conocidos suyos ingleses. Unas majestuosas damas que habían sido testigos de toda la escena la contemplaban perplejas como si se tratara de un bicho raro. Des Grieux se deshizo en felicitaciones y sonrisas.

—*Quelle victoire!* —dijo.

—*Mais, madame, c'était du feu!*[23] —añadió *mademoiselle* Blanche con una cautivadora sonrisa.

---

23 En francés en el original: Señora mía, ¡ha sido fantástico!

—Sí, ¡me he puesto y he ganado doce mil florines! Pero ¿qué digo doce mil? ¿Y el oro? Con el oro son casi trece mil. ¿Cuánto es eso en rublos? Unos seis mil, ¿no?

Le dije que eran más de siete mil y que con el cambio actual puede que llegara a los ocho mil.

—Increíble, ¡ocho mil! Y vosotros ahí sentados, papanatas, ¡sin hacer nada! Potapich, Marfa, ¿habéis visto?

—Señora, ¿pero cómo lo habéis conseguido? ¡Ocho mil rublos! —exclamó Marfa retorciéndose las manos.

—Tomad, aquí os doy cinco monedas de oro a cada uno, ¡tomad!

Potapich y Marfa se lanzaron a besarle las manos.

—Y que le den un federico de oro a cada porteador. Dales una moneda de oro, Alexéi Ivánovich. ¿Por qué se inclina ese lacayo? ¿Y ese otro? ¿Me están felicitando? Dales también un federico de oro.

—*Madame la princesse... un pauvre expatrié... malheur continuel... les princes russes sont si généreux*[24] —decía lisonjero alrededor de la silla un personaje con una levita ajada, chaleco de color chillón y bigotes, al tiempo que agitaba el gorro con una servil sonrisa...

—Dale un federico de oro también a él. No, dale dos; bueno, ya está bien, si no, no van a parar nunca. ¡Levantadme y vámonos! Praskovia —dijo dirigiéndose a Polina Alexándrovna—, mañana te compro un vestido, y también le compraré uno a *mademoiselle...*, ¿cómo se llama...?, *mademoiselle* Blanche, a ella también le compraré un vestido. ¡Tradúceselo, Praskovia!

—*Merci, madame* —dijo *mademoiselle* Blanche haciendo una graciosa reverencia al tiempo que torcía la boca en una maliciosa sonrisa que intercambió con Des Grieux y el general. El general estaba algo confundido y se alegró enormemente cuando llegamos a la avenida.

—Fedosia, ya verás como Fedosia se sorprende —dijo la abuela, acordándose de la niñera del general—. A ella también hay que regalarle un vestido. Ay, Alexéi Ivánovich, Alexéi Ivánovich, ¡dale algo a ese mendigo!

---

24 En francés en el original: Señora princesa [...] un pobre emigrante [...] una continua desgracia [...] los príncipes rusos son tan generosos.

Por el camino venía un vagabundo con la espalda encorvada que nos estaba mirando.

—Pero puede que no sea un mendigo, abuela, sino algún granuja.

—¡Dale! ¡Dale! ¡Dale un *gulden*!

Me acerqué y se lo di. Me miró con increíble sorpresa, aunque lo aceptó en silencio. Olía a vino.

—Y tú, Alexéi Ivánovich, ¿todavía no has probado suerte?

—No, abuela.

—Pero la mirada te ardía, lo he visto.

—Probaré, abuela, más adelante, sin falta.

—¡Apuesta directamente al *zéro*! ¡Mira si no! ¿Cuál es tu capital?

—No tengo más que veinte federicos de oro, abuela.

—No es mucho. Te prestaré cincuenta federicos de oro, si quieres. Coge ese paquete de ahí y tú, querido, ¡no esperes que te dé nada! —dijo de pronto dirigiéndose al general.

Este dio un respingo, pero no dijo una palabra. Des Grieux frunció el ceño.

—*Que diable, c'est une terrible vieille!* [25] —murmuró entre dientes al general.

—¡Un pobre, un pobre, otro más! —gritó la abuela—. Alexéi Ivánovich, dale un *gulden* a este también.

Esta vez el que venía hacia nosotros era un anciano de cabello blanco con una pata de palo, levita azul de falda larga y un largo bastón en la mano. Parecía un viejo soldado. Pero cuando le acerqué el *gulden,* dio un paso atrás y me miró de arriba a abajo amenazante.

—*Was ist's der Teufel!* [26] —gritó, añadiendo después una decena de improperios.

—¡Vaya imbécil! —gritó la abuela haciendo un gesto con la mano—. ¡Sigamos! ¡Me ha entrado hambre! Ahora vamos a comer, luego me tumbaré un rato y después volveremos ahí.

—¿Quiere volver a jugar, abuela? —grité yo.

---

25 En francés en el original: ¡Qué diablos, es una vieja terrible!

26 En alemán en el original: ¡Qué diablos es esto!

—¿Qué habías pensado? ¿Que porque vosotros estáis ahí sentados amargados yo me iba a quedar mirándoos?

—*Mais, madame* —dijo Des Grieux acercándose—, *les chances peuvent tourner, une seule mauvaise chance et vous perdrez tout... surtout avec votre jeu... c'était terrible!*[27]

—*Vous perdrez absolument*[28] —trinó *mademoiselle* Blanche.

—¿Y a vosotros eso qué os importa? ¡No me juego vuestro dinero, sino el mío! ¿Y dónde está ese *mister* Astley? —me preguntó.

—Se ha quedado en el casino, abuela.

—Es una pena, es un hombre tan bueno.

Cuando llegamos a casa, la abuela se encontró con el camarero jefe en las escaleras, lo llamó y se vanaglorió de sus ganancias, después hizo llamar a Fedosia, le regaló tres federicos de oro y le ordenó que sirviera la comida. Fedosia y Marfa se volcaron en ella después de la comida.

—Yo la estaba viendo —temblaba Marfa— y le decía a Potapich: «Pero ¿qué es lo que quiere hacer nuestra señora?». ¡Y en la mesa había tanto, tanto dinero! En toda mi vida he visto tanto dinero y a su alrededor no había más que caballeros, todos sentados. «¿Y de dónde», le decía yo a Potapich, «son todos estos señores de aquí?». «Que la virgen la ayude», pensé. Rezaba por usted, señora, y tenía el corazón en un puño, en un puño y temblaba, me temblaba todo el cuerpo. «Señor», pensé, «dele suerte», y el señor se la dio. Y sigo temblando, sigo temblando todavía.

—Alexéi Ivánovich, después de la comida, a eso de las cuatro, prepárate, que salimos. Y ahora me despido y no te olvides de llamar a algún doctorcillo, también tendré que tomar las aguas. ¡Que si no, puede que nos olvidemos!

Salí de la habitación de la abuela estupefacto. Intenté hacerme una idea de lo que pasaría a partir de ahora con el grupo y del giro que iban a tomar los acontecimientos. Tenía claro que todavía no se habrían repuesto (sobre todo el general), ni siquiera de la impresión de su llegada. El hecho de que

---

27 En francés en el original: Pero señora, la suerte puede cambiar, una jugada desafortunada y lo perderá todo [...] especialmente con las apuestas que hace [...] ¡Es terrible!

28 En francés en el original: Va a perder seguro.

la abuela hubiera aparecido en lugar del esperado telegrama anunciando su muerte (y, consecuentemente, la herencia), había resquebrajado hasta tal punto el edificio de propósitos y decisiones que habían construido, que todos ellos veían los progresos de la abuela en la ruleta con evidente perplejidad y cierto pánico.

Aunque, por otro lado, este segundo hecho no era menos importante que el primero, ya que, aunque la abuela había repetido un par de veces que no le pensaba dar dinero al general, quien sabe si, a pesar de todo, no había que perder la esperanza. Des Grieux, que estaba metido en todos los asuntos del general, no la había perdido. Estoy convencido de que *mademoiselle* Blanche, que también estaba muy involucrada (cómo no, podía convertirse en generala y heredar una cantidad considerable), no había perdido la esperanza e iba a utilizar toda su seductora coquetería con la abuela, en claro contraste con Polina, que era orgullosa e intratable, incapaz de mostrarse amable. Pero ahora, ahora que la abuela había realizado tal hazaña en la ruleta, ahora que habían podido ver la personalidad de la abuela de forma tan clara y característica (una vieja terca y ambiciosa *et tombée en enfance),* puede que ahora sí que estuviera todo perdido. Porque ella estaba feliz como un niño de su hazaña y, como suele suceder en estos casos, acabaría por perderlo todo. «¡Dios!», pensé con una risa maliciosa (y que Dios me perdone), «Dios, cada federico de oro que apostaba la abuela era como un peso en el corazón del general, volvía loco a Des Grieux y llevaba al frenesí a *mademoiselle* de Cominges, que se quedaba con la miel en los labios». Había otra cosa a tener en cuenta: incluso después de haber ganado, en plena alegría, cuando la abuela daba dinero a todos los que pasaban junto a ella tomándolos por mendigos, incluso en ese momento le había espetado al general: «Y tú, ¡no esperes que te dé nada!». Eso significaba que se reafirmaba en la idea, que se había prometido a sí misma que no cambiaría de idea. ¡Era peligroso! ¡Peligroso!

Todos estos pensamientos pasaban por mi mente mientras subía la escalera principal desde las habitaciones de la abuela hasta el último piso, donde estaba mi cuchitril. Todo esto me preocupaba muchísimo. Aunque, por supuesto, ya había adivinado cuáles eran los principales hilos que unían a los

personajes que me rodeaban, desconocía parte de las maniobras y los secretos del juego. Polina nunca había confiado en mí completamente. Aunque alguna vez, es cierto, me hubiera abierto a regañadientes su corazón, yo me había dado cuenta de que a menudo, después de hacerlo, solía reírse de todo lo que me había dicho o bien me confundía para que todo lo dicho pareciera mentira. ¡Oh! ¡Me ocultaba muchas cosas! En cualquier caso, tenía el presentimiento de que se acercaba el desenlace de toda esta misteriosa y tensa situación. Una jugada más y todo quedaría al descubierto. Aunque soy parte interesada, apenas me preocupa mi participación en todo este embrollo. Mi estado de ánimo era raro: tenía veinte federicos de oro en el bolsillo, me encontraba lejos en un país extraño, sin trabajo y sin medios de supervivencia, sin esperanzas, sin perspectivas y… ¡no me preocupaba lo más mínimo! De no ser por Polina, me habría dejado llevar por lo cómico del inminente desenlace y me habría reído a mandíbula batiente. Pero Polina me preocupaba, presentía que se estaba decidiendo su destino, aunque debía confesar que no era su destino lo que me intranquilizaba. Quería adentrarme en su secreto. Deseaba que viniera a mí y me dijera: «Pero si yo te quiero». Pero si eso era tan descabellado, tan inconcebible, entonces… ¿de qué servía desear? ¿Acaso sabía lo que deseaba? Me encontraba perdido, solo quería estar junto a ella, bajo su luz, bajo su resplandor, siempre, toda la vida. ¡Eso es lo único que sabía! ¿Acaso podía separarme de ella?

Al llegar al tercer piso, donde estaba su pasillo, sentí como si me empujaran. Me di la vuelta y a veinte pasos o más vi a Polina, que salía por una puerta. Parecía que me hubiera estado esperando y en cuanto me vio me llamó para que me acercara.

—Polina Alexándrovna…

—¡Silencio! —me advirtió.

—Imagínese —susurré—, he sentido como si me hubieran tocado en el costado, miro y ¡ahí está usted! ¡Como si emitiera electricidad!

—Tome esta carta —dijo Polina con cara de preocupación y el ceño fruncido, sin escuchar lo que le acababa de decir— y entréguesela a *mister* Astley. Rápido, se lo ruego. No necesito respuesta. Él ya…

No terminó la frase.

—¿*Mister* Astley? —le pregunté sorprendido. Pero Polina ya había desaparecido detrás de la puerta.

—¡Ajá, así que mantienen correspondencia! —Evidentemente, salí al instante a la carrera en busca de *mister* Astley: primero a su hotel, donde no lo encontré, después al casino, donde recorrí a toda velocidad todas las salas, hasta que, enojado, a punto de desesperarme, volví a casa y me lo encontré de casualidad montando a caballo con un grupo de ingleses. Le hice un gesto con la mano, se detuvo y le entregué la carta. No nos dio tiempo ni a cruzar una mirada. Pero sospecho que *mister* Astley espoleó el caballo a propósito.

¿Acaso me habían entrado celos? En cualquier caso, mi estado de ánimo era deplorable. No quería ni saber acerca de qué se escribían. ¡Así que era su confidente! «Es evidente que es un amigo —pensé—, eso está claro; (y ¿desde cuándo lo era?). Pero ¿hay amor? Por supuesto que no», me susurró la razón. Pero la razón no suele bastar en estos momentos. En cualquier caso, esto también había que aclararlo. Las cosas se estaban complicando de una forma desagradable.

Apenas había entrado en el hotel cuando el portero y el camarero jefe salieron de su habitación para decirme que solicitaban mi presencia, que me estaban buscando, que habían mandado a llamarme tres veces. ¿Dónde estaba? Me rogaban que fuera lo antes posible a las habitaciones del general. Mi estado de ánimo era terrible. En el despacho, además del general, estaban Des Grieux y *mademoiselle* Blanche, esta vez sola, sin su madre. Estaba claro que la madre era un personaje del que se podía prescindir, que habían utilizado únicamente para cubrir apariencias, pero que, a la hora de la verdad, *mademoiselle* Blanche se las apañaba sola. Ni siquiera creo que estuviera al tanto de los asuntos de su supuesta hija.

Los tres deliberaban acaloradamente sobre algo y la puerta del despacho estaba cerrada, cosa que nunca sucedía. Me acerqué a la puerta y oí voces: palabras insolentes y sarcásticas de Des Grieux, gritos descarados e insultantes de Blanche y la lastimosa voz del general que, evidentemente, se justificaba por algo. Al aparecer yo, parecieron contenerse y serenarse. Des Grieux se arregló el pelo y su rostro pasó del enfadado a la sonrisa,

esa detestable y cortés sonrisa francesa que tanto odio. El general, abatido y derrotado, adoptó una postura gallarda, aunque resultó algo artificial. *Mademoiselle* Blanche fue la única que apenas alteró su fisonomía; la invadía la ira, pero se limitó a mantenerse en silencio, observándome con impaciente expectación. Debo señalar que hasta ese momento me había ignorado absolutamente, no respondía a mi saludo y parecía no reparar en mí.

—Alexéi Ivánovich —comenzó a decir el general con un tono de tierna regañina—, permítame comunicarle que es extraño, inusitadamente extraño... En pocas palabras, su comportamiento conmigo y con mi familia... En pocas palabras, es extremadamente extraño...

—*Eh! Ce n'est pas ça* —lo interrumpió enfadado Des Grieux. (¡Decididamente era él quien controlaba todo!)—. *Mon cher monsieur, notre cher général se trompe* [29] al utilizar ese tono. (Trascribiré aquí lo que dijo en francés). El general quería decirle... es decir advertirle o, mejor dicho, pedirle de la forma más imperiosa que no lo arruine, sí, ¡que no lo arruine! Utilizo precisamente esa expresión...

—Pero ¿a qué se refiere, a qué se refiere? —lo interrumpí.

—Perdone, pero se ha propuesto ser el guía (¿o cómo decirlo, si no?) De esta vieja, *cette pauvre terrible vieille* —dijo Des Grieux atropellándose—; pero si pierde, ¡lo perderá todo! ¡Usted mismo ha sido testigo de cómo juega! Si comienza a perder, ya sea por cabezonería o por maldad, no se separará de la mesa y se lo jugará todo, se lo jugará todo; y en esos casos nunca se recupera lo perdido y entonces... entonces...

—Y entonces —retomó el general—, ¡entonces arruinará a toda la familia! A mí y mi familia, a nosotros, a sus descendientes, ella no tiene otros familiares cercanos. Se lo digo con sinceridad: mis negocios están arruinados, absolutamente arruinados. Usted ya lo sabe... Si ella pierde una suma importante o incluso, Dios no lo quiera, todo su patrimonio (¡oh Dios!), ¿qué pasará con ellos? ¡Con mis hijos! (El general miró a Des Grieux), ¡conmigo! (Miró a *mademoiselle* Blanche, que le dio la espalda con desprecio). Alexéi Ivánovich, sálvenos, ¡sálvenos!

---

29 En francés en el original: No es eso [...] Querido amigo, nuestro querido general se equivoca.

—Pero ¿cómo? General, dígame cómo podría... ¿Qué pinto yo en este asunto?

—¡Niéguese, niéguese, no vaya con ella!

—¡Encontrará a otro! —grité yo.

—*Ce n'est pas ça, ce n'est pas ça* —interrumpió de nuevo Des Grieux—, *que diable!* No, no se niegue, pero por lo menos hágala entrar en razón, convénzala, distráigala... Pero, sobre todo, no deje que pierda demasiado, distráigala de alguna manera.

—¿Y cómo puedo hacer eso? Si usted mismo lo ha intentado *monsieur* De Grieux —añadí con toda la inocencia que pude.

En ese momento noté la mirada encendida, inquisitiva, que *mademoiselle* Blanche le dirigió a Des Grieux. En el rostro de Des Grieux relampagueó algo especial, sincero, que no pudo ocultar.

—Ese es precisamente el problema, ¡que no me acepta! —gritó Des Grieux agitando las manos—. ¡Si tan solo...! Más tarde...

Des Grieux lanzó una mirada rápida y significativa a *mademoiselle* Blanche.

—*Oh mon cher monsieur Alexis, soyez si bon.* —La misma *mademoiselle* Blanche se acercó a mí, me tomó de las manos y las apretó fuertemente con una cautivadora sonrisa. ¡Diablos! Ese rostro diabólico era capaz de transformarse en solo un segundo. En un instante adquirió una expresión suplicante, tierna; sonreía como una niña, con cierta picardía, y al terminar la frase me hizo un guiño a escondidas de todos. ¿Acaso estaba coqueteando conmigo allí mismo? Y no lo hacía mal, aunque era demasiado burdo, era terrible.

El general dio un brinco hacia ella, literalmente.

—Alexéi Ivánovich, perdone que haya comenzado así mi discurso, no era eso lo que quería decir... Se lo pido, se lo suplico, me inclino ante usted a la rusa... ¡Solo usted, solo usted puede salvarnos! *Mademoiselle* de Cominges y yo se lo suplicamos. Lo entiende, lo entiende ¿no es cierto? —suplicó señalándome a *mademoiselle* Blanche con la mirada. Daba mucha lástima.

En ese mismo instante se oyeron tres golpes suaves y respetuosos en la puerta. Abrió un camarero de planta; detrás de él, a unos pocos pasos,

estaba Potapich. Lo había enviado la abuela. Había mandado que me buscaran y me llevaran con ella inmediatamente. «Está enfadada», me indicó Potapich.

—¡Pero si no son más que las tres y media!

—No ha logrado ni siquiera dormir, daba vueltas sin parar y, de pronto, se ha levantado, ha pedido la silla y ha preguntado por usted. Ya está en la entrada...

—*Quelle mégère!*[30] —gritó Des Grieux.

Efectivamente, encontré a la abuela ya en la entrada, a punto de perder la paciencia porque yo no aparecía. No había sido capaz de aguantar hasta las cuatro.

—¡Venga, levantadme! —gritó y nos dirigimos de nuevo a la ruleta.

---

30 En francés en el original: ¡Menuda arpía!

CAPÍTULO XII

LA ABUELA estaba impaciente e irritada. Era evidente que la ruleta se le había metido en la cabeza. No prestaba atención a nada más y parecía muy distraída. Por el camino, por ejemplo, no hizo ninguna pregunta como la otra vez. En un momento dado vio una carroza muy lujosa que pasó junto a nosotros como un torbellino, levantó la mano y preguntó: «¿Qué es eso? ¿De quién es?», pero no pareció escuchar mi respuesta. Su ensimismamiento se veía constantemente interrumpido por gestos de impaciencia y bruscos estremecimientos. Cuando, llegando al casino, le señalé a lo lejos al barón y a la baronesa Burmerhelm, miró distraída y, con completa indiferencia, dijo: «¡Ah!»; luego se volvió rápidamente a Potapich y Marfa, que iban detrás, y les dijo con aspereza:

—¿Y vosotros por qué habéis venido? ¡No os voy a llevar todos los días! ¡A casa! Contigo tengo suficiente —añadió dirigiéndose a mí cuando aquellos hicieron una reverencia a toda prisa y se volvieron al hotel.

En el casino ya estaban esperando a la abuela. Al instante le hicieron hueco en el mismo sitio, junto al crupier. Tengo la sensación de que en realidad estos crupieres, siempre tan ceremoniosos y aparentando ser simples funcionarios a los que les da absolutamente igual si la banca gana o pierde, no son en absoluto indiferentes a las pérdidas de la banca y, por supuesto, tienen instrucciones concretas para atraer a los jugadores y proteger diligentemente los intereses de la banca, a cambio casi seguro de premios y gratificaciones. En cualquier caso, a la abuela ya la veían como a una víctima dispuesta para el sacrificio. A continuación sucedió lo que ya nos suponíamos.

La cosa ocurrió de la siguiente manera:

La abuela se lanzó directamente sobre el *zéro* y me ordenó apostar inmediatamente doce federicos de oro. Apostó una, dos, tres veces... y el *zéro* no salió. «¡Apuesta, apuesta!», me decía la abuela, dándome empujones con impaciencia. Yo obedecí.

—¿Cuántas veces hemos apostado? —me preguntó finalmente, rechinando los dientes de la ansiedad.

—Ya hemos apostado doce veces, abuela. Ciento cuarenta y cuatro federicos de oro. Le repito, abuela, que hasta la noche, por lo menos...

—¡Calla! —me interrumpió la abuela—. Apuesta al *zéro* y apuesta también al rojo mil *gulden*. Aquí tienes el billete.

Salió el rojo, pero el *zéro* falló de nuevo. Le devolvieron los mil *Gulden*.

—¿Lo ves, lo ves? —susurró la abuela—. Casi todo lo que habíamos apostado lo hemos recuperado. Apuesta de nuevo al *zéro*. Apostamos diez veces más y lo dejamos.

Pero a la quinta la abuela ya se había aburrido.

—Manda ese asqueroso cero al diablo. Apuesta los cuatro mil *gulden* al rojo —me ordenó.

—¡Abuela, eso es mucho! ¿Y si no sale el rojo? —le supliqué, pero la abuela casi me golpeó. (De hecho, me daba tales golpes que casi puede decirse que se estaba peleando conmigo). No había nada que hacer, aposté al rojo los cuatro mil *gulden* que habíamos ganado anteriormente. La ruleta comenzó a dar vueltas. La abuela estaba sentada tranquilamente con la espalda recta muy orgullosa, sin albergar ninguna duda acerca de la inminente ganancia.

—*Zéro* —anunció el crupier.

Al principio la abuela no comprendió lo que había sucedido, pero cuando vio que el crupier recogía con el rastrillo sus cuatro mil *gulden*,

junto con todo lo que había en la mesa, y se dio cuenta de que el *zéro* que no había salido durante tanto tiempo y al que habíamos apostado casi doscientos federicos de oro salía como a propósito cuando la abuela lo había mandado al diablo, dio un grito y abrió los brazos. La gente de alrededor hasta se rio.

—¡Madre mía! ¡Ahora va y sale este maldito! —vociferó la abuela—. ¡Pero menudo condenado! ¡Has sido tú! ¡Es todo culpa tuya! —dijo golpeándome con furia—. Has sido tú quien me ha convencido.

—Abuela, yo solo le he explicado cómo funciona. ¿Cómo puedo ser responsable yo de las probabilidades?

—¡Te voy a dar yo probabilidades! —susurró amenazante—. Lárgate de aquí.

—Me despido, abuela —dije mientras me daba la vuelta para marcharme.

—¡Alexéi Ivánovich, Alexéi Ivánovich, quédate! ¿Adónde vas? ¡Pero bueno! ¿Te has enfadado? ¡No seas tonto! Quédate, quédate un poco más, no te enfades, venga, ¡yo soy la tonta! Dime, ¿qué tengo que hacer ahora?

—Abuela, no voy a aconsejarle porque después me va a culpar a mí... Juegue usted sola; usted me dice lo que quiere apostar y yo apuesto.

—¡Bueno, bueno! ¡Pues apuesta otros cuatro mil *gulden* al rojo! Aquí tienes el billete, toma. —Sacó un billete del monedero y me lo dio—. Venga, toma, rápido, aquí hay veinte mil rublos contantes y sonantes.

—Abuela —le susurré—, esas apuestas...

—Que me muera si no recupero lo perdido ¡Apuesta! —Apostamos y lo perdimos—. ¡Apuesta, apuesta los ocho, apuesta!

—¡No se puede, abuela, la apuesta máxima son cuatro!

—¡Pues apuesta cuatro!

Esta vez ganamos. La abuela se animó.

—¿Lo ves, lo ves? —dijo dándome un codazo—. ¡Apuesta otros cuatro! Los aposté, perdimos y después perdimos una y otra vez.

—Abuela, hemos perdido los doce mil —le informé.

—Ya lo veo —dijo ella en un receso, por decirlo de alguna manera, de la furia—, ya lo veo, querido, ya lo veo —farfulló con la mirada fija, como reflexionando—. ¡Ay! Que me muera si no... ¡apuesta otros cuatro mil *gulden*!

—Pero no hay dinero, abuela. En la cartera hay unos bonos rusos y unas letras de cambio, pero no hay dinero.

—¿Y en el monedero?

—Tan solo queda algo de cambio, abuela.

—¿Hay aquí oficinas de cambio? Me han dicho que aquí se pueden cambiar nuestros billetes —preguntó decidida.

—¡Oh sí, cuanto quiera! Pero perderá tanto en el cambio que... ¡hasta un judío se horrorizaría!

—¡Tonterías! ¡Lo recuperaré! Llévame. ¡Llama a esos estúpidos!

Empujé la silla, aparecieron los porteadores y la llevamos fuera del casino.

—¡Rápido, rápido, rápido! —ordenaba la abuela—. Indícame el camino, Alexéi Ivánovich, llévame al sitio más cercano... ¿Está lejos?

—A dos pasos, abuela.

Pero al girar de la plaza a la avenida nos encontramos con nuestro grupo: el general, Des Grieux y *mademoiselle* Blanche con su madre. Polina Alexándrovna no estaba con ellos y *mister* Astley tampoco.

—¡Sigue, sigue, no te detengas! —gritó la abuela—. ¿Qué queréis vosotros? ¡Ahora no tengo tiempo!

Yo iba detrás. Des Grieux me alcanzó.

—Ha perdido todo lo que ha ganado antes y además se ha dejado otros doce mil *gulden* de los suyos. Vamos a cambiar bonos —le susurré precipitadamente.

Des Grieux dio una patada en el suelo y corrió a comunicárselo al general. Continuamos nuestro camino con la abuela.

—¡Deténganse, deténganse! —me susurró el general desesperado.

—A ver si es usted capaz —le susurré.

—¡Tía! —dijo el general acercándose—. Tía... ahora... ahora... —La voz le temblaba y se le quebraba—. Justo ahora íbamos a alquilar unos caballos para ir a la ciudad... Hay una vista maravillosa... la cima... íbamos a invitarla.

—¡Tú y tu cima! —dijo la abuela apartándolo irritada con un gesto de la mano.

—Hay una aldea... podemos tomar el té... —continuó el general, completamente desesperado.

—*Nous boirons du lait, sur l'herbe fraîche*[31] —añadió Des Grieux con tremenda fiereza.

Para un burgués parisino no hay nada más idílico que *du lait, de l'herbe fraîche*. Ahí se encierra, como es sabido, toda su concepción de *la nature et la vérité!*[32]

—¡Idos por ahí, tú y tu leche! Bébetela tú, a mí me da dolor de estómago. ¿Y por qué insistís tanto? —gritó la abuela—. ¡Os he dicho que no tengo tiempo!

—¡Hemos llegado, abuela! —grité yo—. ¡Aquí es!

La transportamos hasta un edificio donde había una oficina bancaria. Yo fui a cambiar. La abuela se quedó esperando en el vestíbulo. Des Grieux, el general y Blanche se quedaron a un lado sin saber qué hacer. La abuela los miraba furiosa, así que se fueron por el camino del casino.

Me ofrecieron una tarifa de cambio tan horrorosa que no me decidí a aceptarla y volví adonde estaba la abuela para pedirle instrucciones.

—¡Ah, bandidos! —gritó alzando los brazos—. ¡Pero bueno! ¡Qué le vamos a hacer! ¡Cambia! —me gritó decidida—. ¡Espera, dile al banquero que venga!

—¿Quizás a alguno de los empleados, abuela?

—Pues al empleado, da igual. ¡Ah, bandidos!

El empleado accedió a salir cuando supo que lo llamaba una condesa anciana y enferma que no podía caminar. La abuela, muy enfadada, le estuvo reprochando en voz alta durante un buen rato su estafa y negoció con él en ruso, francés y alemán; yo la ayudé con la traducción. El empleado, serio, nos miraba a los dos en silencio y sacudía la cabeza. Observaba a la abuela con tanta curiosidad que hasta resultaba maleducado. Finalmente, comenzó a sonreír.

—¡Lárgate! —gritó la abuela—. ¡Atragantaos con mi dinero! Haz el cambio, Alexéi Ivánovich, no tengo tiempo. ¿O quizás deberíamos ir a otro...?

---

31 En francés en el original: Beberemos leche sobre la hierba fresca.
32 En francés en el original: ¡La naturaleza y la verdad!

—El cajero dice que los demás le darán aún menos.

A decir verdad, no recuerdo el cambio que nos dieron, pero sí que fue terrible. Me dieron doce mil florines en oro y billetes, cogí el paquete y se lo llevé a la abuela.

—¡Bueno, bueno, bueno! No merece la pena contarlo —dijo haciendo un gesto con la mano—. ¡Rápido, rápido, rápido!

—No pienso apostar jamás a ese maldito *zéro;* y al rojo, tampoco —dijo mientras nos acercábamos al casino.

Esta vez hice todo lo posible para que apostara menos e intenté convencerla de que, si cambiaba su suerte, siempre podría aumentar la apuesta. Pero estaba tan impaciente que, aunque accedió en un principio, fue incapaz de mantener su palabra durante el juego. En cuanto empezó a ganar apuestas de diez y veinte federicos de oro («¿Lo ves, lo ves?»), comenzó a darme codazos: «Mira, ya hemos ganado, si hubiéramos puesto cuatro mil en lugar de diez, habríamos ganado cuatro mil. Y ahora, ¿qué? ¡Es todo culpa tuya, culpa tuya!».

Y por más que su juego me irritara enormemente, opté por callarme y no volver a aconsejarle nada.

De pronto se acercó Des Grieux. Los tres estaban a nuestro lado. Me fijé en que *mademoiselle* Blanche, que estaba a un lado con su madre, coqueteaba con el príncipe. El general había caído claramente en desgracia, se había convertido prácticamente en un cero a la izquierda. Blanche no se dignaba ni a mirarlo, aunque él no hacía más que dar vueltas a su alrededor obsequioso. ¡Pobre general! Palidecía, se sonrojaba, temblaba y ni siquiera era capaz de estar atento al juego de la abuela. Blanche y el príncipe acabaron por irse y el general corrió tras ellos.

—*Madame, madame* —susurró con voz melosa Des Grieux a la abuela, casi pegado a su oreja—. *Madame,* esa apuesta no va... No, no, así no puede... —dijo en un pésimo ruso—. ¡No!

—¿Y cómo? ¡Enséñame! —dijo la abuela dirigiéndose a él.

Des Grieux comenzó al instante a hablar muy rápido en francés, dándole consejos. Con gran agitación le dijo que había que esperar la ocasión, hacer cálculos, probabilidades... La abuela no entendía nada. El francés

se dirigía a mí todo el rato para que yo tradujera, golpeaba la mesa con el dedo, señalaba. Finalmente, cogió un lápiz y comenzó a hacer cuentas en un papel. La abuela terminó por perder la paciencia.

—¡Largo, largo! ¡No haces más que decir tonterías! Mucho *«Madame, madame»*, pero ni él mismo lo entiende. ¡Vete!

—*Mais, madame* —comenzó de nuevo a canturrear Des Grieux dando golpes sobre la mesa y señalando con el dedo. Entendía mucho de la ruleta.

—Bueno, apuesta una vez como él dice —me ordenó la abuela—. Vamos a ver. Puede que salga y todo.

Des Grieux tan solo quería disuadirla de hacer apuestas grandes. Proponía apostar a números, de forma individual y en grupos. Aposté como me indicó, un federico de oro en la fila de los impares en los primeros doce y cinco federicos de oro en el grupo de los números de doce a dieciocho y de dieciocho a veinticuatro. En total, dieciséis federicos de oro.

La ruleta comenzó a dar vueltas. *«Zéro»*, gritó el crupier. Lo perdimos todo.

—¡Menudo imbécil! —gritó la abuela dirigiéndose a Des Grieux—. ¡Eres un franchute asqueroso! ¡Un monstruo se pone a aconsejarme! ¡Vete, vete! ¡No se entera de nada, pero tiene que meter las narices!

Des Grieux, enormemente ofendido, se encogió de hombros, miró a la abuela con desprecio y se alejó. Se sentía avergonzado por haberse entrometido, pero no se había podido contener.

Por más que lo intentamos, una hora después lo habíamos perdido todo.

—¡A casa! —gritó la abuela.

No dijo una palabra hasta que llegamos a la avenida. Una vez allí, junto a la entrada del hotel, comenzó a soltar improperios.

—Pero ¡qué tonta! ¡Qué zopenca! ¡Eres una vieja, una vieja tonta!

Nada más entrar en las habitaciones dijo:

—¡Que me traigan té! —gritó la abuela—. ¡Recogemos todo ahora mismo! ¡Nos vamos!

—¿Adónde quiere ir, señora? —comenzó a decir Marfa.

—¿Y a ti qué te importa? ¡Ocúpate de tus asuntos! Potapich, recógelo todo, haz el equipaje. ¡Volvemos a Moscú! ¡He perdido quince mil!

—¡Quince mil, señora! ¡Oh, Dios mío! —gritó Potapich, agitando los brazos de forma conmovedora, probablemente con la intención de ayudar.

—¡Venga, venga, idiota! ¡Y ahora encima lloriquea! ¡Cállate! ¡Nos vamos! ¡La cuenta, rápido, rápido!

—El primer tren sale a las nueve y media, abuela —le comuniqué para que detuviera su furor.

—¿Y qué hora es ahora?

—Las siete y media.

—¡Qué fastidio! ¡Pero da igual! Alexéi Ivánovich, no tengo ni un céntimo. Toma dos billetes, sal a toda prisa y cámbiamelos. Si no, no tendremos con qué irnos.

Salí. Media hora después, cuando volvía al hotel, me encontré a toda la familia en la habitación de la abuela. La partida de la abuela a Moscú parecía haberlos sorprendido más que las pérdidas. Por un lado su partida salvaba el patrimonio, pero, por otro lado, ¿qué sería ahora del general? ¿Quién pagaría a Des Grieux? Estaba claro que *mademoiselle* Blanche no iba a esperar a que la abuela se muriera y, probablemente, se escaparía con el príncipe o con cualquier otro. Todos estaban delante de la abuela, consolándola y tratando de convencerla. Polina tampoco estaba esta vez. La abuela les gritaba furiosa.

—¡Dejadme en paz, diablos! ¿A vosotros qué os importa? ¿Por qué me molesta este barba de chivo? —le gritaba a Des Grieux—. ¿Y tú, pájara, que necesitas? —dijo dirigiéndose a *mademoiselle* Blanche—. ¿A qué viene tanto revuelo?

—*Diantre!* —murmuró *mademoiselle* Blanche con los ojos brillando de furia; acto seguido soltó una carcajada y se marchó.

—*Elle vivra cent ans!*[33] —le gritó al general desde la puerta.

—¿Así que cuentas con que me muera? —comenzó a vociferarle al general—. ¡Vete! ¡Alexéi Ivánovich, échalos a todos de aquí! ¿A vosotros qué os importa? ¡Lo que me he jugado era mío, no vuestro!

El general se encogió de hombros, agachó la cabeza y salió. Des Grieux se fue detrás.

---

33 En francés en el original: ¡Vivirá cien años!

—Llama a Praskovia —ordenó la abuela a Marfa.

Cinco minutos después, Marfa regresó con Polina. Todo este tiempo Polina había estado en su habitación con los niños y, al parecer, había decidido no salir en todo el día a propósito. Su expresión era seria, triste y preocupada.

—Praskovia —comenzó la abuela—, ¿es cierto eso que acabo de oír de que el imbécil de tu padrastro quiere casarse con esa frívola francesita? ¿Qué es, una actriz o algo peor, quizás? Dime, ¿es eso cierto?

—Yo no sé nada de eso abuela —respondió Polina—, pero por las palabras de la misma *mademoiselle* Blanche, que parece no estimar necesario esconder nada, creo que...

—¡Basta! —la interrumpió con energía la abuela—. ¡Lo he entendido todo! Siempre había pensado que acabaría así y que era un cabeza de chorlito superficial. Se da aires de general (era coronel y solo fue nombrado general cuando pasó a la reserva) y se pavonea. Lo sé todo querida, cómo han estado mandando un telegrama tras otro a Moscú preguntando si la vieja iba a estirar pronto la pata. Esperaban la herencia. Sin dinero, esa mujerzuela, cómo se llama, de Cominges ¿no?, no lo aceptaría ni de sirviente, y encima con dientes postizos. Dicen que tiene mucho dinero, que presta con intereses, que ha hecho una fortuna. Yo, Praskovia, no te culpo. No has sido tú quien ha mandado los telegramas. Y tampoco quiero recordar el pasado. Sé que tienes mal carácter, ¡eres como una avispa! Picas y haces sangre, pero me da pena porque yo quería mucho a tu madre Caterina. Pero si quieres, deja todo esto y vente conmigo. En realidad no tienes adónde ir y no es decente que te quedes con ellos. ¡Espera! —la abuela interrumpió a Polina, que estaba a punto de empezar a hablar—, todavía no he terminado. No te pido nada. Tengo una casa en Moscú, ya lo sabes. Un palacio. Si quieres, puedes ocupar toda una planta y no venir a verme en semanas si no te gusta mi carácter. ¿Qué? ¿Quieres o no?

—Permítame preguntarle primero: ¿acaso quiere irse ahora mismo?

—¿Acaso crees que bromeo, hija mía? He dicho que me voy y me voy. Hoy he perdido quince mil rublos en vuestra maldita ruleta. Hace cinco años hice la promesa de reconstruir una iglesia de madera y piedra en las afueras

de Moscú y en lugar de eso me lo he gastado aquí. Así que ahora, querida, me voy a construir esa iglesia.

—¿Y las aguas, abuela? ¿Acaso no había venido a tomar las aguas?

—¡Tú y tus aguas! No me enfades, Praskovia. ¿Lo haces a propósito o qué? Dime, ¿vienes o no?

—Abuela, le agradezco mucho, mucho —comenzó Polina con emoción— la protección que me ofrece. Ha adivinado en parte mi situación. Le estoy tan agradecida que, créame, iré con usted, puede incluso que muy pronto; pero ahora hay razones... importantes y en este mismo instante me resulta imposible tomar una decisión. Si se quedara aunque fuera un par de semanas...

—Es decir, que no quieres.

—No puedo. Además, en cualquier caso no puedo abandonar a mis hermanos y como... como... como puede que realmente sean abandonados... Si me lleva con los pequeños, entonces por supuesto que iré con usted y ¡créame que seré digna de su generosidad! —añadió con ardor—, pero sin los niños no puedo, abuela.

—Bueno, ¡no gimotees! —Polina no tenía la más mínima intención de gimotear, nunca lloraba—. También les encontraremos un sitio a los pollitos. El gallinero es grande. Además, ya tienen edad de empezar a ir a la escuela. ¿Así que no vendrás ahora? Praskovia, ¡mira! Me gustaría poder ayudarte, porque sé por qué no vas a venir. Lo sé todo, Praskovia. Ese francesito no te va a traer nada bueno.

Polina se puso colorada. Yo me estremecí. (¡Todos lo sabían! ¡Yo era el único que no sabía nada!).

—Venga, venga, no frunzas el ceño. No diré nada más. Tan solo asegúrate de que no pase nada irreparable, ¿entiendes? Eres una muchacha inteligente. Me daría mucha pena. Bueno, basta, más me hubiera valido no haberos visto. ¡Vete! ¡Adiós!

—Abuela, la acompañaré —dijo Polina.

—No hace falta. Déjame, me tenéis todos harta.

Polina besó la mano de la abuela, pero esta le retiró la mano y la besó en la mejilla.

Al pasar junto a mí, Polina me lanzó un vistazo rápido y enseguida retiró la mirada.

—¡Me despido también de ti, Alexéi Ivánovich! Tan solo queda una hora para el tren. Y supongo que estarás harto de mí. Toma, coge estas cincuenta monedas de oro.

—Le estoy profundamente agradecido, abuela, no puedo...

—¡Venga, venga! —gritó la abuela, tan amenazante y con tanta energía que no me atreví a llevarle la contraria y los cogí—. En Moscú, si no encuentras dónde colocarte, ven a verme; te recomendaré en algún lado. ¡Venga, retírate!

Fui a mi habitación y me tumbé en la cama. Creo que estuve tumbado media hora boca arriba, con la cabeza apoyada en el brazo. La catástrofe ya se había desatado, había mucho sobre lo que pensar. Decidí que al día siguiente hablaría en serio con Polina sin falta. ¡Ah! ¿El francesito? ¡Así que era verdad! Pero, ¿de qué podía tratarse? ¡Polina y Des Grieux! Dios, ¡qué pareja!

Todo aquello era sencillamente increíble. De pronto me levanté de un salto y salí en busca de *mister* Astley con el propósito de obligarlo a que me lo contara todo fuera como fuera. Evidentemente, sabía mucho más que yo de todo aquello. ¿*Mister* Astley? ¡Otro misterio para mí!

Pero de pronto alguien llamó a mi puerta. Abrí y era Potapich.

—Señor Alexéi Ivánovich. ¡La señora le llama!

—¿Qué sucede? ¿Se va o qué? Quedan solo veinte minutos para el tren.

—Está alterada, señor, apenas podemos mantenerla en la silla. «¡Rápido, rápido!», me ordenó. Dese prisa, por Dios.

Salí corriendo inmediatamente escaleras abajo. Cuando llegué, ya estaban sacando a la abuela al pasillo. En las manos tenía la billetera.

—¡Alexéi Ivánovich, vaya delante, vámonos!

—¿Adónde, abuela?

—¡Que me muera si no recupero mi dinero! ¡Venga, en marcha, nada de preguntas! Se puede jugar hasta las doce, ¿no es cierto?

Me quedé helado, reflexioné un instante y enseguida tomé una decisión.

—Haga lo que quiera, Antónida Vasílevna, pero yo no iré.

—Y eso, ¿por qué? ¿A qué se debe eso? ¿Os habéis vuelto todos locos o qué?

—Haga como quiera. Después me lo reprocharía a mí mismo y ¡no quiero! No quiero ser ni testigo ni partícipe. Dispénseme, Antónida Vasílevna. Aquí le devuelvo sus cincuenta federicos de oro. ¡Adiós! —Y puse el paquete con los federicos de oro sobre la mesita junto a la que traían la silla de la abuela, hice una inclinación y me fui.

—¡Qué absurdo! —gritó detrás de mí la abuela—. ¡Pues no vengas si no quieres, yo misma encontraré el camino! ¡Potapich, ven conmigo! Venga, levantadme, llevadme.

No conseguí encontrar a *mister* Astley y regresé a casa. Más tarde, cuando ya era la una de la noche, supe por boca de Potapich cómo había acabado el día la abuela. Había perdido todo lo que yo le acababa de cambiar, es decir otros diez mil rublos. El mismo polaco al que le había dado dos federicos de oro por la mañana se había colocado a su lado y la había estado aconsejando todo el tiempo en el juego. Antes de que llegara el polaco, la abuela le había estado dando órdenes a Potapich para que apostara, pero no tardó en echarlo y entonces apareció el polaco. Como entendía algo de ruso e incluso parloteaba en una mezcla de tres idiomas, de alguna manera consiguieron entenderse. La abuela lo maldecía sin compasión y aunque este constantemente «se ponía a los pies de la señora», «dónde va a ir a parar en comparación con usted, Alexéi Ivánovich», me dijo Potapich. «A usted le hablaba *como a un señor* pero ese, yo mismo lo vi con mis propios ojos, que me mate Dios aquí mismo si miento, ese comenzó a robarle de la mesa. Ella misma lo pilló un par de veces *in fraganti* y lo puso fino de insultos, señor, llegó incluso a tirarle del pelo. No le miento, es cierto, la gente comenzó a reírse alrededor. Señor, lo ha perdido todo, todo, todo lo que usted había cambiado. La trajimos aquí, pobre mi señora, tan solo pidió un poco de agua, se santiguó y se fue a la cama. Estaba tan agotada que se durmió enseguida. ¡Qué Dios le envíe buenos sueños! ¡Ay, eso es lo que pasa por ir al extranjero!», terminó Potapich. «Le dije que no saldría nada bueno. ¡Ojalá nos vayamos cuanto antes a nuestro Moscú! Pero ¿es que acaso no tenemos una casa en Moscú? Un jardín, flores, que aquí ni hay, los olores, los manzanos dando fruto, el espacio, pero no: ¡había que ir al extranjero! ¡Ay, ay, ay!».

CAPÍTULO XIII

HACE ya casi un mes que no tocaba estas notas, que comencé bajo la influencia de unas emociones algo caóticas, aunque sin duda intensas. La catástrofe que presentía avecinarse no tardó en llegar y fue cien veces más violenta e inesperada de lo que yo había supuesto. Todo fue bastante extraño, escandaloso e incluso trágico, por lo menos en lo que a mí respecta. Lo que me sucedió podría considerarse casi milagroso. Al menos, así lo sigo viendo a día de hoy, aunque bien mirado, y teniendo en cuenta la vorágine por la que me vi arrastrado en aquel entonces, quizás no fueran más que acontecimientos un poco fuera de lo común. Pero lo más extraordinario de todo fue mi propia reacción ante todo lo que pasó. ¡A día de hoy sigo sin comprenderme a mí mismo! Todo se ha desvanecido volando como en un sueño, incluso mi pasión, que era fuerte y sincera... ¿Dónde estará ahora? Juro que de vez en cuando se me pasa por la cabeza la idea de que quizás me volví loco y he pasado todo este tiempo en un manicomio, que puede que incluso siga ahí ahora mismo y todo esto no sea más que una *invención* que ahora mismo sigo *imaginando*...

Reuní mis notas y las revisé. (Quién sabe si las escribí para convencerme de que no estaba en un manicomio). Ahora me he quedado completamente

solo. Está llegando el otoño, las hojas amarillean. Vivo en una melancólica y pequeña ciudad (¡qué tristes son las ciudades alemanas!) Y, en lugar de pensar en lo que voy a hacer a partir de ahora, vivo bajo el recuerdo de todo lo que acaba de pasar, bajo la influencia de los recuerdos aún frescos, de todo ese torbellino que me atrapó y me abandonó después a mi suerte. Tengo la sensación de que sigo dando vueltas en el mismo torbellino y que esa misma tormenta volverá a estallar pronto, que me atrapará con sus alas a su paso y que perderé de nuevo todo orden y medida, que seguiré dando más y más vueltas...

Aunque puede que logre detenerme y deje de dar vueltas si consigo hacer un relato preciso de todo lo que ha pasado este mes. De nuevo me siento atraído por la pluma, a veces no hay nada que hacer por las tardes. Es extraño, pero aunque solo sea por distraerme un poco, voy a la horrible biblioteca local y saco novelas de Paul de Kock (¡en traducción alemana!) Que apenas puedo aguantar; pero las leo y me maravillo de mí mismo: parece que tuviera miedo de que cualquier libro u ocupación seria pudiera romper el embeleso de lo que me acaba de suceder. ¡Parece que tuviera miedo de que ese horrible sueño tan querido para mí, con las sensaciones que ha dejado tras él, se convirtiera en humo si cualquier novedad lo tocase! Pero ¿es en realidad tan querido para mí? Sí, por supuesto que lo es; puede que dentro de cuarenta años lo siga recordando...

Así que me pongo a escribir. Todo lo que sucedió, por cierto, se puede relatar ahora por partes y en poco tiempo; las sensaciones, sin embargo, son otra cosa completamente distinta...

En primer lugar, acabemos con la abuela. Al día siguiente terminó de perderlo todo. No podía ser de otra manera: cuando una persona así se adentra por este camino, es como si se tirase en trineo por una montaña nevada, cada vez va más rápido. Se pasó todo el día jugando, hasta las ocho de la noche. Yo no estaba presente y lo sé porque me lo contaron.

Potapich hizo guardia a su lado en el casino todo el día. Junto a ella, unos polacos se fueron turnando todo el tiempo para aconsejarla. Al principio la abuela echó al polaco del día anterior, al que había agarrado del pelo,

y cogió a otro, pero este resultó ser aún peor. Después de echarlo cogió de nuevo al primero, que nunca se había apartado de la silla y la rondaba todo el rato metiendo la cabeza a cada minuto. La abuela finalmente cayó en la desesperación. El segundo polaco tampoco tenía la más mínima intención de abandonar, así que uno se situó a la derecha y otro a la izquierda. Los dos discutían y se insultaban todo el rato por las apuestas y las jugadas, llamándose *laidak*[34] y otras delicadezas en polaco el uno al otro, para luego reconciliarse de nuevo y comenzar a tirar el dinero sin ton ni son, apostando al azar. Después, volvieron a pelearse y comenzaron a apostar cada uno por su lado, uno al rojo, por ejemplo, y otro al negro. Finalmente lograron marear y despistar a la abuela hasta tal punto que esta, casi llorando, se dirigió al crupier jefe para pedirle que la defendiera y que los echara. A pesar de sus gritos y protestas, fueron expulsados inmediatamente. Gritaban al unísono una y otra vez, alegando que la abuela les debía dinero, que los había engañado, que se había comportado de forma deshonesta y deshonrosa con ellos. El pobre Potapich me contó todo esto con lágrimas en los ojos esa misma tarde en que lo perdieron todo, quejándose de que se habían llenado los bolsillos de dinero, que él mismo había sido testigo de cómo se llevaban el dinero a la saca sin vergüenza a cada instante. Uno, por ejemplo, le pedía a la abuela cinco federicos de oro por sus labores y los colocaba en la ruleta junto a las apuestas de la abuela. Si esta ganaba, él gritaba que había sido su apuesta la que había ganado y la abuela perdía. Cuando los estaban echando, Potapich se acercó y advirtió que tenían los bolsillos llenos de oro. La abuela le pidió al crupier que tomara las medidas oportunas de inmediato y, aunque los polacos gritaron como dos gallos atrapados, la policía hizo inmediatamente acto de presencia y allí mismo les vaciaron los bolsillos para devolverle el oro a la abuela. Hasta que no lo perdió todo, la abuela dispuso en todo momento del favor de los crupieres y de las autoridades del casino. Su fama se había ido extendiendo poco a poco por toda la ciudad. Visitantes de todos los países que venían a tomar las aguas, tanto de clase alta como gente corriente, se apelotonaban para ver a *«une vieille comtesse russe, tombée en enfance»*, que ya había perdido «varios millones». Pero la abuela sacó muy

---

34 En polaco en el original: Canalla.

poco beneficio de haberse librado de los dos polaquillos. En aquel momento apareció un tercer polaco para ponerse a su servicio. Hablaba ruso perfectamente, vestía como un caballero aunque se comportaba también como un lacayo, llevaba un enorme bigote y se daba una gran importancia. También besaba «los pies de la señora», pero con los que los rodeaban se comportaba con arrogancia, ordenaba con despotismo... En una palabra, enseguida se colocó no como sirviente de la abuela, sino como su señor. Juraba y perjuraba a cada jugada de la forma más terrible que era un *pan* honorable y que no cogería ni un *kopek* del dinero de la abuela. Repetía tan a menudo estos juramentos que la abuela finalmente se amedrentó. Pero como al principio este *pan* pareció reconducir el juego y comenzó a ganar, aquella no pudo desembarazarse de él. Una hora después, los dos polacos que habían sido expulsados del casino volvieron a aparecer detrás de la silla de la abuela, ofreciéndose de nuevo para servirla incluso si solo era para hacer recados. Potapich juraba que el honorable *pan* intercambiaba guiños con ellos y que incluso les entregó algo. Al final, como la abuela no había comido y prácticamente no se había movido de la silla, uno de los polacos resultó útil. Fue a la carrera hasta el restaurante del casino y le trajo a la abuela un consomé y después un té. Los dos se afanaban de un lado para otro. Al final del día, cuando ya todo el mundo veía que iba a perder su último billete, la abuela tenía seis polacos alrededor de su silla que nadie conocía ni había visto antes. Cuando la abuela ya estaba perdiendo las últimas monedas no solo no le hacían caso, sino que ni siquiera parecían verla: se lanzaban sobre la mesa, cogían ellos mismos el dinero, disponían y apostaban sin consultar, discutían y gritaban, hablaban con el honorable *pan* de tú a tú y el honorable *pan* casi parecía haberse olvidado de la existencia de la abuela. A las ocho, de regreso al hotel, después de haberlo perdido definitivamente todo, él y otros tres o cuatro polacos seguían corriendo junto a su silla, gritando, asegurando a voz en grito y en un batiburrillo que la abuela los había engañado y que les debía no sé qué cosa. De esta manera la acompañaron hasta la mismísima puerta del hotel, donde finalmente los echaron a empujones.

Según los cálculos de Potapich, la abuela perdió ese día unos noventa mil rublos en total, a lo que había que sumar el dinero que había perdido el

día anterior. Había ido cambiando uno tras otro todos sus billetes, todos los bonos del Estado, todas las acciones. Yo estaba asombrado de que hubiera sido capaz de aguantar siete u ocho horas sentada en el sillón prácticamente sin apartarse de la mesa, pero Potapich me contó que en tres ocasiones había comenzado a ganar de verdad y que, animada por la esperanza renovada, había sido incapaz de abandonar la sala. Los jugadores saben muy bien que una persona puede estar sentada durante días en un mismo sitio jugando a las cartas sin mirar a derecha ni a izquierda.

Ese día, mientras tanto, en nuestro hotel también tuvieron lugar acontecimientos decisivos. Por la mañana, antes de las once, cuando la abuela todavía estaba en el hotel, nuestro grupo, es decir el general y Des Grieux, decidieron hacer un último intento. Como sabían que la abuela no tenía intención de irse, sino que por el contrario se dirigía al casino, fueron a verla en cónclave (a excepción de Polina) para hablar con ella de una vez por todas, *incluso abiertamente*. El general, temblando y con el corazón en un puño ante las terribles consecuencias que todo esto podía acarrearle, llegó incluso a sobrepasarse. Después de suplicarle y rogarle durante media hora y a pesar de reconocer todo abiertamente, es decir, de admitir que estaba endeudado y también su pasión por *mademoiselle* Blanche (estaba completamente perdido), adoptó de pronto un tono amenazador, le alzó la voz y, dando patadas en el suelo, gritó que estaba deshonrando su apellido, que sería el escándalo de toda la ciudad y por último... por último gritó: «¡Deshonra usted el nombre de Rusia, señora, y para casos así está la policía!». La abuela finalmente lo echó a bastonazos (literalmente usó el bastón). El general y Des Grieux volvieron a discutir una o dos veces esa mañana precisamente sobre si no se podría recurrir a la policía. Tal vez diciéndoles que una desgraciada aunque respetable anciana que había perdido la cabeza iba a perder hasta el último céntimo, etc... En otras palabras, si no habría alguna manera de controlarla o prohibirle que jugara. Pero Des Grieux no hacía más que encogerse de hombros y mirar burlón al general, que hablaba completamente ofuscado y corría de un lado a otro del despacho. Finalmente, Des Grieux hizo un gesto con la mano y desapareció. Por la tarde supimos que se había ido del hotel después de haber tenido una conversación muy importante y secreta con *mademoiselle* Blanche. *Mademoiselle* Blanche, por su parte, ya había tomado desde primera hora de la mañana medidas drásticas. Apartó de su lado completamente al general y ni siquiera permitió que la visitara. Cuando el general corrió a buscarla al casino, la vio de mano del príncipe. Ni ella ni *madame veuve* de Cominges se dignaron a saludarlo. El príncipe tampoco lo saludó. *Mademoiselle* Blanche pasó todo el día intentando por todos los medios que el príncipe se le declarara de una vez. Pero, por desgracia, ¡había errado completamente sus cálculos con él! Esta pequeña catástrofe sucedió ya por la tarde. De pronto se descubrió que el príncipe no tenía ni un centavo y que incluso confiaba en pedirle dinero prestado a ella para jugar a la ruleta. Blanche lo echó con cajas destempladas y se encerró en su habitación.

Por la mañana del mismo día fui a ver a *mister* Astley o, mejor dicho, me pasé toda la mañana buscándolo, porque no hubo manera de encontrarlo. No estaba ni en su casa, ni en el casino ni en el parque. Y esta vez no había comido en su hotel. A las cinco lo vi de casualidad saliendo del andén del ferrocarril en dirección al Hotel d'Angleterre. Iba con prisa y parecía muy preocupado, aunque por lo general era difícil apreciar en su rostro algún indicio de preocupación o turbación. Me extendió alegre la mano con su habitual expresión: «¡Ah!», pero no se detuvo y continuó a buen paso su camino. Fui detrás de él, pero se las apañó para contestarme de tal manera que no pude hacerle ninguna pregunta. Además, por alguna razón, me daba una vergüenza terrible hablar de Polina. Él tampoco me había preguntado por ella. Le conté lo de la abuela. Él escuchó atentamente y se encogió de hombros.

—Lo va a perder todo —le señalé.

—Oh, sí —respondió él—, fue a jugar hace bastante, justo cuando yo me marchaba, y ya se veía que lo iba a perder todo. Si tengo tiempo, pasaré por el casino a echar un vistazo, es un caso interesante...

—¿Adónde ha ido? —grité sorprendido de no habérselo preguntado antes.

—Estuve en Frankfurt.

—¿Por negocios?

—Sí, por negocios.

¿Qué más podía preguntarle después de eso? Sin embargo, continué andando junto a él hasta que de pronto giró hacia el Hotel De Quatre Saisons, que se encontraba de camino, me hizo una inclinación con la cabeza y desapareció. De vuelta a casa fui cayendo en la cuenta de que si hubiera hablado con él un par de horas más tampoco habría adivinado nada, porque... ¡no tenía nada que preguntarle! ¡Sí, así era! En ese momento era incapaz de preguntar lo que quería.

Polina había pasado todo el día en casa o paseando con los niños y la niñera por el parque. Hacía tiempo que evitaba al general y casi no hablaba con él, por lo menos de nada serio. Yo ya me había dado cuenta de eso. Pero, sabiendo la situación en la que se encontraba el general aquel día, pensé que le resultaría imposible esquivarla, es decir, que sería inevitable que se produjera algún tipo de conversación familiar seria. Sin embargo, cuando me crucé con ella y los niños al regresar al hotel después de la conversación con *mister* Astley comprobé que su rostro reflejaba la misma tranquila serenidad de siempre, como si la tormenta familiar la esquivase únicamente a ella. Respondió a mi saludo con una inclinación de cabeza. Cuando llegué a mi habitación estaba furioso.

Por supuesto que después del incidente con los Burmerhelm había evitado su compañía y no nos habíamos visto. Es cierto que yo me había hecho el orgulloso y en parte me había dado aires haciéndome de rogar. Pero a medida que iba pasando el tiempo iba sintiendo cómo bullía cada vez más la indignación en mi interior. Aunque no sintiera nada por mí, creo que no era necesario pisotear mis sentimientos de esa manera ni despreciar mis confesiones. ¡Porque ella sabía que yo la amaba de verdad y me había permitido que le hablara en ese tono! Cierto es que entre nosotros todo había comenzado de forma un poco extraña. Desde hacía ya bastante tiempo, unos dos meses más o menos, había comenzado a notar que ella quería convertirme en su amigo, en su confidente, e incluso lo intentó. Pero por alguna razón esto no cuajó en aquel entonces. En su lugar, nacieron esas extrañas relaciones que manteníamos ahora y ese era el motivo por el que yo había comenzado a hablarle de esa manera. Pero si mi amor le repugnaba tanto, ¿por qué no me prohibía directamente hablarle así?

No solo no me lo había prohibido sino que, de vez en cuando, me incitaba a que lo hiciera... aunque por supuesto para reírse de mí. Estoy absolutamente convencido, porque me he dado buena cuenta de ello, de que disfrutaba desconcertándome con desplantes de desdén e indiferencia cada vez que me escuchaba y me provocaba hasta verme sufrir. Aunque bien sabía que no podía vivir sin ella. En ese momento, por ejemplo, ya habían pasado tres días desde la historia del barón y yo era incapaz de soportar nuestra *separación*. Cuando me la encontré poco antes junto al casino, el corazón me empezó a latir de tal modo que perdí el color. ¡Pero ella tampoco podía vivir sin mí! Me necesitaba, aunque solo fuera como bufón.

Era evidente que ocultaba algo. La conversación con la abuela me había atravesado dolorosamente el corazón. Yo la había conminado miles de veces a que se sincerara conmigo y ella sabía que yo estaba dispuesto de forma sincera a dar la vida por ella. Pero siempre me despachaba casi con desprecio o, en lugar de aceptar mi vida en sacrificio como yo le ofrecía, ¡me pedía una excentricidad como la del barón! ¿Acaso no era indignante? ¿Acaso no existía más mundo para ella que ese francés? ¿Y *mister* Astley? Llegados a este punto la historia era absolutamente incomprensible, pero ¡Dios, cómo sufría yo!

Cuando llegué a mi cuarto tomé la pluma en un ataque de ira y le escribí las siguientes líneas:

> Polina Alexándrovna, veo claramente que se acerca el desenlace, un desenlace que la afectará a usted también. Por última vez, le repito: ¿necesita mi vida o no? En caso de que me necesite para *cualquier cosa*, haga de mí lo que quiera; yo, mientras tanto, esperaré en mi habitación, al menos la mayor parte del tiempo, y no me iré a ningún sitio. En caso de necesitarme, escríbame o mande llamar por mí.

Cerré la carta y la envié con un sirviente, indicándole que la entregara en mano. No esperaba respuesta, pero tres minutos después el sirviente volvió para comunicarme que «me enviaba saludos».

Sobre las siete me llamaron para que fuera adonde el general.

Este se encontraba en su despacho, vestido como si se dispusiera a salir. El sombrero y el bastón estaban en el sofá. Cuando entré, estaba en el centro de la habitación con las piernas separadas y la cabeza inclinada, y

me pareció que hablaba en voz alta consigo mismo. Sin embargo, nada más verme se lanzó hacia mí casi gritando, por lo que, de forma involuntaria, di un paso atrás y estuve a punto de salir corriendo. Pero el general me agarró por los brazos y me llevó hasta el sofá. Se sentó él primero, luego me obligó a sentarme en el sillón que había enfrente y, sin soltarme de las manos, me dijo en tono implorante, con labios temblorosos y las pestañas brillantes de lágrimas:

—¡Alexéi Ivánovich, sálveme, sálveme, tenga piedad!

Durante un buen rato fui incapaz de entender nada. Él no hacía más que hablar, hablar y hablar, y repetía sin cesar: «¡Tenga piedad, tenga piedad!». Al final me pareció entender que esperaba de mí algo parecido a un consejo; o, para ser más exactos, se había acordado de mí ahora que, triste y angustiado, todos lo habían abandonado, y me había mandado llamar para poder hablar, hablar y hablar.

Desvariaba y estaba absolutamente perdido. Cruzaba los brazos y estaba dispuesto a arrodillarse a mis pies para que (a ver si lo adivinan), fuera adonde *mademoiselle* Blanche y le rogara, le suplicara que volviera y la convenciera para que se casara con él.

—Perdóneme, general —le grité—, pero es probable que *mademoiselle* Blanche todavía no sepa ni que yo existo. ¿Qué puedo hacer yo?

Era inútil objetar nada. No entendía lo que le estaba diciendo. Comenzó a hablar de la abuela, pero sin ningún sentido. Seguía insistiendo en la idea de llamar a la policía.

—En Rusia, en Rusia —comenzó de pronto, encendido de indignación—, en pocas palabras, en Rusia, en un estado avanzado, donde hay una autoridad, ¡estas viejas estarían bajo tutela! Sí, mi querido señor, sí —continuó, adoptando de pronto un tono de monserga, levantándose del asiento y agitando los brazos por toda la habitación—, usted no lo sabía, mi querido señor —dijo dirigiéndose a un querido señor imaginario que había en un rincón—, así que ahora ya lo sabe... sí... En mi país, a las viejas como esa se las mete en cintura, en cintura, sí... ¡Oh, qué diablos!

Se lanzó de nuevo sobre el diván y un minuto después me contó atropellado, con lágrimas en los ojos y sin resuello, que *mademoiselle* Blanche no

se casaba con él porque en lugar del telegrama había llegado la abuela en persona y ahora estaba clarísimo que nunca recibiría la herencia. Por alguna razón pensaba que yo no sabía nada de todo esto. Yo comencé a hablar de Des Grieux y él hizo un gesto con la mano:

—¡Se ha ido! ¡Tiene todas mis posesiones hipotecadas, estoy limpio, sin blanca! Ese dinero que trajo usted... ese dinero. No sé cuánto hay, creo que quedan unos setecientos francos y... bueno, eso es todo, y después... no sé, ¡no sé!

—¿Cómo pagará la cuenta del hotel? —grité alarmado—. Y... ¿qué pasará después?

Me miró pensativo, pero no parecía entender nada, ni siquiera parecía oírme. Intenté hablarle de Polina Alexándrovna, de los niños. Él respondió rápidamente:

—¡Sí! ¡Sí! —Pero acto seguido se puso a hablar del príncipe, de cómo se iría con Blanche y entonces... y entonces...—. ¿Qué voy a hacer Alexéi Ivánovich? —dijo dirigiéndose de pronto a mí—. ¡Juro por Dios que no lo sé! ¿Qué puedo hacer, dígame? ¡Acaso esto no es ingratitud! ¿Acaso no lo es?

Finalmente se deshizo en un mar de lágrimas.

No había nada que hacer con alguien así. Pero tampoco podía dejarlo solo. Podía pasarle cualquier cosa. Por fin conseguí librarme de él, pero le dije a la niñera que lo visitara de vez en cuando y hablé con el camarero de servicio, un muchacho muy despierto. Este me prometió que también lo vigilaría por su parte.

Apenas había dejado al general cuando vino a verme Potapich para decirme que la abuela quería que fuera a verla. Eran las ocho de la tarde y acababa de volver del casino después de haberlo perdido definitivamente todo. Me dirigí a su habitación. La anciana estaba sentada en la silla, completamente extenuada y visiblemente enferma. Marfa le daba una taza de té, casi obligándola a beber. La voz y el tono de la abuela habían cambiado visiblemente.

—Buenas tardes, querido Alexéi Ivánovich —me dijo lentamente inclinando la cabeza con gravedad—, perdona que vuelva a molestarte, sabrás disculpar a una anciana. Me he dejado todo ahí, querido, casi cien mil rublos.

Tuviste razón en no querer acompañarme ayer. Ahora estoy sin dinero, sin un céntimo. No quiero quedarme ni un solo minuto más aquí, a las nueve y media me voy. He mandado llamar a tu amigo inglés, Astley o como se llame, y voy a pedirle tres mil francos durante una semana. Así que convéncelo para que no desconfíe y no se niegue. Todavía sigo siendo bastante rica, querido mío. Tengo tres fincas y dos casas. Y más dinero, no he traído todo conmigo. Te digo todo esto para que no dude de que yo... Pero mira, ¡aquí está! Se ve que es una buena persona.

Mister Astley se había dado prisa en responder a la llamada de la abuela. Sin pensárselo un segundo y sin decir una palabra, le prestó en ese mismo momento tres mil francos contra una letra de cambio que la abuela firmó. Una vez que terminaron los negocios hizo una reverencia y se apresuró a salir.

—Y ahora acércate tú, Alexéi Ivánovich. Solo queda poco más de una hora y me quiero tumbar, me duelen los huesos. No seas duro con esta vieja estúpida. A partir de ahora ya no pienso acusar a los jóvenes de ser unos cabezas locas, me resulta incluso difícil culpar de nada a ese desgraciado general vuestro. A pesar de lo cual no pienso darle el dinero como desea, porque en mi opinión es un completo imbécil, aunque esta vieja estúpida no es más inteligente. Ciertamente, Dios castiga y condena la soberbia hasta en la vejez. Bueno, me despido. Marfusha, levántame.

Yo, sin embargo, quería acompañar a la abuela. Además, estaba a la expectativa y aguardaba que ocurriera algo de un momento a otro. No podía quedarme sin hacer nada en la habitación. Salí al pasillo y hasta deambulé un poco por el paseo. Mi carta a Polina era clara y decidida y la catástrofe era, por supuesto, inevitable. En el hotel oí hablar de la partida de Des Grieux. A fin de cuentas, puede que me rechazase como amigo, pero no como siervo. Porque me necesitaba aunque solo fuera para los recados. Claro que podía serle útil, ¡cómo no!

Cuando ya quedaba poco para que saliera el tren, corrí hacia el andén y ayudé a la abuela a subir al vagón. Todos se sentaron en un compartimento especial. «Gracias, querido, por tu afecto desinteresado —dijo despidiéndose de mí—, repítele a Praskovia lo que le dije ayer: la esperaré».

Me fui a casa. Al pasar junto a las habitaciones del general me encontré con la niñera y le pregunté por el general. «Ay, señorito, está bien», me contestó con tristeza. Entré a pesar de todo, pero a las puertas del despacho me detuve completamente maravillado. *Mademoiselle* Blanche y el general reían a carcajadas cada cual más alto. *Veuve* Cominges estaba sentada en el sofá. El general, por supuesto, estaba loco de alegría, balbuceaba todo tipo de tonterías y soltaba largas risas nerviosas que hacían que en su rostro aparecieran una infinidad de arrugas detrás de las cuales los ojos parecían desaparecer. Más tarde supe de boca de la misma Blanche que, después de mandar a paseo al príncipe, supo de los llantos del general y pensó en consolarlo, por lo que se dirigió inmediatamente a sus habitaciones. Pero el pobre general no sabía que su destino ya estaba decidido y que Blanche ya había comenzado a recoger sus cosas para salir volando hacia París al día siguiente, con el primer tren de la mañana. En el umbral del despacho del general, cambié de idea y en lugar de entrar me fui sin que se dieran cuenta. Cuando abrí la puerta de mi habitación noté de pronto cómo en la penumbra, en un rincón junto a la ventana, había una figura sentada en la silla. No se levantó cuando aparecí. Me acerqué rápidamente y al verla me quedé sin aliento: ¡era Polina!

CAPÍTULO XIV

SOLTÉ un grito.

—¿Qué sucede? ¿Qué sucede? —preguntó ella de forma extraña.

Estaba pálida y tenía una mirada sombría.

—¿Cómo que qué pasa? ¿Usted? ¿Aquí en mi cuarto?

—Si vengo, vengo *del todo*. Es mi costumbre. Ahora lo verá. Encienda la luz.

Encendí la luz. Se levantó, se acercó a la mesa y puso delante de mí una carta abierta.

—Lea —me ordenó.

—Esta, ¡esta es la letra de Des Grieux! —exclamé mientras cogía la carta. Me temblaban las manos y las líneas bailaban ante mis ojos. No recuerdo bien las palabras exactas de la carta, pero intentaré transcribirla aquí, si no palabra por palabra, por lo menos idea por idea.

«*Mademoiselle* —escribía Des Grieux—, desagradables circunstancias me obligan a partir de inmediato. Usted, por supuesto, ya se habrá dado cuenta de que he evitado a propósito darle una explicación definitiva hasta que no se aclarase la situación. La llegada de su anciana pariente *(de la vieille dame)* y su disparatada conducta terminaron con mi indecisión. La ruinosa

situación de mis propios negocios me impide alimentar durante más tiempo esas dulces esperanzas que me permití albergar durante cierto tiempo. Lamento lo sucedido, pero tengo la esperanza de que no halle en mi comportamiento nada impropio de un hombre noble y honesto *(gentilhomme et honnête homme)*. Después de haber perdido casi todo mi dinero con los préstamos que hice a su padrastro, me encuentro en la terrible necesidad de sacar el máximo provecho a lo que todavía me queda. He hecho saber a mis amigos en Petersburgo que procedan inmediatamente a la venta de las propiedades hipotecadas. Como sé, sin embargo, que su imprudente padrastro ha despilfarrado el dinero de usted, he decidido perdonarle cincuenta mil francos y devolverle una parte de las propiedades que hipotecó equivalente a ese valor de forma que usted pueda recuperar todo lo que ha perdido exigiéndoselo a través de los tribunales. Tengo la esperanza, *mademoiselle* de que en las actuales circunstancias mi comportamiento le sea de la mayor utilidad. También espero hacer honor, actuando de esta manera, a las obligaciones de un hombre honrado y noble. Puede estar segura de que su recuerdo quedará impreso para siempre en mi corazón».

—Pues, está clarísimo —dije dirigiéndome a Polina—. ¿Acaso podríais esperar otra cosa? —añadí con indignación.

—Yo no esperaba nada —contestó ella, aparentemente tranquila, aunque su voz pareció temblar levemente—, hacía tiempo que lo tenía todo claro. Leía sus pensamientos y sabía lo que pensaba. Él pensaba que yo intentaría... que insistiría... —No terminó la frase, se mordió el labio y guardó silencio—. Redoblé a propósito mi desprecio por él —comenzó de nuevo—, y esperé a ver lo que hacía. Si el telegrama con la herencia hubiera llegado, ¡le habría arrojado a la cara la deuda de ese idiota (el padrastro) y lo habría echado! Hace mucho, mucho tiempo que lo odio. Oh, no, no era la misma persona de antes, no tenía nada que ver... Ahora, ¡ahora...! Oh, con qué alegría le lanzaría a ese rostro ruin los cincuenta mil francos, le escupiría... y se lo extendería por la cara.

—Pero el documento, la devolución de los cincuenta mil de la hipoteca... ¡lo tendrá el general! Cójalo y devuélvaselo a Des Grieux.

—¡Oh, no es eso! ¡No es eso!

—¡Sí, tiene razón! ¡No es eso! ¿Y de qué es capaz ahora el general? ¿Y la abuela? —grité yo de pronto.

Polina me miraba ausente y con cierta impaciencia.

—¿A qué viene la abuela? —dijo Polina con enfado—. Yo no puedo recurrir a ella... Y no quiero pedirle perdón a nadie —añadió irritada.

—¡Qué hacer! —grité—. ¡Y cómo, cómo pudo amar a Des Grieux! ¡Oh, qué canalla, qué canalla! Si quiere, ¡lo mataré en un duelo! ¿Dónde está ahora?

—Está en Frankfurt y pasará ahí tres días.

—¡Una palabra suya e iré allí mañana mismo con el primer tren! —dije con un estúpido entusiasmo. Ella se echó a reír.

—Qué más da, puede que pida que se le devuelvan primero los cincuenta mil francos. Además, ¿por qué debería retarse usted con él...? ¡Qué tontería!

—Pero ¿de dónde, de dónde sacar estos cincuenta mil francos? — repetí yo rechinando los dientes, como si pudiera sacarlos del suelo sin más—. Escuche: ¿y *mister* Astley? —le pregunté dirigiéndome a ella mientras se me ocurría una idea peregrina.

Le brillaron los ojos.

—Cómo, ¿pero es que quieres que te deje por ese inglés? —dijo taladrándome con la mirada y sonriendo con amargura. Era la primera vez en la vida que me trataba de *tú*.

Al parecer, en ese momento la cabeza comenzó a darle vueltas por la excitación y de pronto se sentó en el sofá como si estuviera agotada.

Parecía que me hubiera fulminado un rayo. Me levanté sin poder creer lo que veía y lo que oía. Así que ¡ella me quería! ¡Había venido *a mí*, y no a *mister* Astley! Ella, una doncella, había venido sola a mi habitación, en el hotel, es decir, que se había puesto en un compromiso públicamente, y yo, ¡yo, de pie frente a ella, era incapaz de entender nada!

Una idea loca se me pasó de pronto por la cabeza.

—¡Polina! ¡Dame solo una hora! Espera aquí solo una hora y... ¡volveré! Es... ¡es esencial! ¡Ya verás! ¡Quédate aquí, quédate aquí!

Y salí corriendo de la habitación sin responder a su mirada sorprendida e inquisitiva. Ella me gritó algo a la espalda mientras salía, pero ni me giré.

Sí, a veces la idea más loca, la que parece más imposible, se instala con tanta firmeza en la mente que termina viéndose como algo plausible... Más aún, ¡si la idea se une a un deseo fuerte y apasionado puede que en ciertas ocasiones uno acabe aceptándola como algo a lo que está abocado, algo necesario, predestinado, algo que no puede no ser, no suceder! Puede ser que se trate de otra cosa, de alguna combinación de presentimientos, de un impulso poco común de la voluntad, de una intoxicación de la propia fantasía o quizás sea algo distinto, no lo sé, pero esa tarde (que nunca olvidaré) me sucedió algo milagroso.

Quizás la aritmética pueda explicarlo de forma completamente matemática, pero para mí sigue siendo igualmente milagroso. Y ¿por qué, por qué ese día se asentó esa profunda seguridad de forma tan sólida en mí, cuando llevaba ahí desde hacía tanto tiempo? Es cierto que yo lo analizaba, repito, no como una probabilidad entre otras que se puede dar (o no), sino como algo que ¡tenía que suceder inevitablemente!

Eran las diez y cuarto. Entré en el casino con una convicción y al mismo tiempo una excitación como no había sentido nunca. En las salas de juego había ya bastante gente, aunque menos de la mitad que había por la mañana.

A las once, en las mesas de juego se quedan los jugadores de verdad: los desesperados, aquellos para los que en el balneario no existe, sino la ruleta, los que han venido tan solo para eso, los que apenas se fijan en lo que sucede a su alrededor y que no están interesados en nada excepto jugar, los que juegan de la mañana a la noche y estarían dispuestos a jugar toda la noche y hasta el amanecer si fuera posible. Siempre se marchan enfadados cuando a las doce cierran las ruletas. Y cuando el crupier jefe, antes de cerrar la ruleta, cerca de la medianoche, anuncia: «*Les trois derniers coups, messieurs!*»,[35] están dispuestos a apostar en esos tres últimos juegos todo lo que tienen en el bolsillo y de hecho pierden ahí mismo las mayores sumas. Fui a la misma mesa en la que se había sentado la abuela. No había demasiada gente, así que encontré sin dificultad un lugar de pie junto a la mesa. Justo enfrente de mí, sobre el tapete verde, estaba la palabra *passe*. *Passe* son los números

---

35   En francés en el original: ¡Últimas tres jugadas, caballeros!

del doce al treinta y seis incluidos. Los primeros números, del uno al dieciocho incluidos se llaman *manque*. Pero ¿a mí qué me importaba todo eso? No calculé, no oí el número que había salido en la última jugada y ni siquiera me informé antes de empezar como hubiera hecho cualquier jugador mínimamente previsor. Saqué los veinte federicos de oro que tenía y los lancé sobre el *passe* que había frente a mí.

—*Vingt-deux!* —gritó el crupier.

Gané y lo aposté todo de nuevo. Y volví a ganar.

—*Trente-et-un* —gritó el crupier. ¡Gané de nuevo! ¡En total tenía ahora ochenta federicos de oro! Moví los ochenta a los doce números centrales (el triple de ganancia pero dos posibilidades en contra). La ruleta comenzó a girar y salió el veinticuatro. Me entregaron tres paquetes con cincuenta federicos de oro cada uno y diez monedas de oro. En total, junto con lo anterior, tenía un total de doscientos federicos de oro.

Me encontraba febril y puse todo ese montón de dinero al rojo y de pronto... ¡reflexioné! Fue la única ocasión en esa tarde, en todo el juego, en que me recorrió un escalofrío de miedo, que me provocó un temblor en las manos y las piernas. Me horroricé y por un instante fui consciente de ¡lo que significaría para mí perder en ese momento! ¡Había apostado toda mi vida!

—*Rouge!* —gritó el crupier y recuperé el aliento al tiempo que unas hormigas de fuego se extendían por todo mi cuerpo. Me pagaron en billetes. Eran en total ¡cuatro mil florines y ochocientos federicos de oro! (En ese momento todavía era capaz de hacer cuentas).

Después recuerdo que aposté dos mil florines de nuevo a los doce números medios y perdí. Aposté mi oro y ochocientos federicos de oro y perdí. Me dominó la ira: cogí lo último que me quedaba, dos mil florines, y lo aposté a los primeros doce, así, al azar, ¡sin reflexionar, sin calcular! Hubo un instante de expectación, en el que quizás tuve la misma sensación que tuvo *madame* Blanchard cuando se elevó sobre el cielo de París en un aerostato.

—*Quatre!* —gritó el crupier. En total, con la apuesta anterior, daban un total otra vez de seis mil florines. Ya tenía la mirada de ganador, no temía a nada en absoluto y lancé cuatro mil florines al negro. Alguien se apresuró a apostar nueve al negro como yo. Los crupieres se miraron y hablaron entre ellos. A mi alrededor la gente hablaba y esperaba.

Salió negro. A partir de ahí ya no recuerdo ni los cálculos ni el orden de mis apuestas. Solo recuerdo, como en un sueño, que ya había ganado, creo, unos dieciséis mil florines. Con tres jugadas desafortunadas perdí en un instante doce mil. Después aposté los últimos cuatro mil a *passe* (aunque apenas sentía ya nada al hacerlo, no hacía sino esperar mecánicamente, sin pensar) y gané de nuevo. Después gané otras cuatro veces seguidas. Solo recuerdo recoger el dinero por miles. También recuerdo que lo que más salía eran los doce centrales, a los que me aficioné. Aparecían de forma regular, tres o cuatro veces seguidas, de pronto desaparecían un par de veces y volvían a aparecer otras tres o cuatro veces seguidas. Hay veces en las que se da esta sorprendente regularidad por rachas y es precisamente esto lo que despista a los jugadores que toman notas, que calculan con un lápiz en la mano. ¡Qué terribles ironías del destino se dan en las mesas de juego a veces!

Creo que no había pasado ni media hora desde que había llegado.

De pronto el crupier me informó de que había ganado treinta mil florines y, como la banca no podía responder de una cantidad mayor en una sola sesión, cerraban la ruleta hasta el día siguiente. Cogí todo mi oro, lo metí en los bolsillos, agarré todos los billetes y me fui inmediatamente a otra mesa, en otra sala, donde había otra ruleta. Detrás de mí se abalanzó una multitud. Me hicieron rápidamente un lugar y comencé de nuevo a apostar sin calcular y sin pensar. ¡No entiendo qué es lo que me salvó!

Hubo momentos en los que la prudencia aparecía por mi cabeza. Apostaba a otros números o probabilidades, pero enseguida comenzaba a apostar de nuevo sin conciencia. Debía estar muy distraído. Recuerdo que los crupieres me corrigieron en varias ocasiones la jugada. Cometía errores graves. Tenía la frente empapada de sudor y las manos me temblaban. Aparecieron, ¡cómo no!, los polacos y los sirvientes, pero yo no hacía caso a nadie. ¡La racha no cesó! De pronto a mi alrededor se desataron risas y sonoras voces. «¡Bravo, bravo!», gritaban todos, otros incluso aplaudían. ¡Aquí también conseguí treinta mil florines y la banca de nuevo cerró hasta el día siguiente!

—Váyase, váyase —me susurró una voz a mi derecha. Era un judío francés. Había estado todo el tiempo a mi lado y parece que me había ayudado alguna vez en el juego.

—Por el amor de Dios, váyase —me susurró otra voz al oído izquierdo. Eché un breve vistazo. Se trataba de una dama de algo menos de treinta años, vestida de forma muy modesta y decente, cuyo rostro pálido y algo enfermizo y cansado recordaba la maravillosa belleza que había tenido. En ese mismo instante llené los bolsillos apretujando los billetes y recogí el oro que había quedado sobre la mesa. Al coger el último paquete de cincuenta federicos de oro conseguí dejarlo sin que nadie se diera cuenta en la mano de la pálida dama. En ese momento tenía unas terribles ganas de hacerlo y recuerdo cómo sus delgados dedos apretaron con fuerza mi mano en señal de la más viva gratitud. Todo esto sucedió en un instante.

Cuando hube recogido todo, pasé al *trente et quarante.*

El público del *trente et quarante* es aristocrático. No es la ruleta, son cartas. Aquí la banca cubre hasta cien mil táleros de una sola vez. La apuesta más alta, además, son cuatro mil florines. Yo no sabía nada del juego y no conocía prácticamente ninguna apuesta más allá del negro y el rojo, como en la ruleta. Me limité a eso. Todo el público del casino se agolpó a mi alrededor. No recuerdo si en todo este tiempo pensé una sola vez en Polina. En ese momento sentía un placer infinito en ganar y ver crecer el montón de billetes que crecía frente a mí.

Parecía como si el destino me estuviera empujando. Esta vez, como a propósito, sucedió algo que por otro lado suele repetirse muy a menudo en el juego. La suerte empieza a caer en el rojo, por ejemplo, y sale diez veces o incluso quince veces seguidas. Hace dos días escuché que la semana pasada salió veintidós veces seguidas. Algo inaudito en la ruleta y que todos relataban con enorme sorpresa. Evidentemente, todo el mundo abandona el rojo inmediatamente y después de la décima vez que ha salido, por ejemplo, casi no hay nadie que se atreva a apostar en él. Pero ningún jugador con experiencia apuesta tampoco al contrario, al negro. Un jugador experimentado sabe lo que significa este «hecho caprichoso». Por ejemplo, parecería que después de la decimosexta vez que sale rojo, a la siguiente debería salir

negro. Ahí es donde se lanzan las hordas de novatos, doblan y triplican la apuesta y pierden mucho dinero.

Pero yo, por algún extraño capricho, me di cuenta de que el rojo había salido siete veces seguidas y seguí apostando a él a propósito. Estoy convencido de que la decisión era en parte por amor propio. Quería sorprender al público asumiendo un riesgo insensato y, oh extraño sentimiento, recuerdo con claridad que, sin el más mínimo amor propio, me encontraba dominado por una terrible sed de riesgo. Puede que después de haber pasado por tantas sensaciones el alma no sea capaz de saciarse más que exigiendo, irritada, sensaciones cada vez más fuertes, hasta quedar absolutamente agotada. No miento si afirmo que si las reglas del juego hubieran permitido apostar cincuenta mil florines de una vez probablemente los habría apostado. ¡A mi alrededor la gente gritaba que era una locura, que el rojo no podría salir una decimocuarta vez!

—*Monsieur a gagné déjà cent mille florins* [36] —dijo una voz junto a mí.

De pronto volví en mí. ¿Cómo? ¡Había ganado esa tarde cien mil florines! ¿Para qué necesitaba más? Me lancé sobre los billetes, los apretujé en el bolsillo, sin contarlos, amontoné todo mi oro, todos los paquetes y salí corriendo del casino. La gente se reía de mí al verme pasar por las salas con los bolsillos a rebosar y el paso vacilante por el peso del oro. Creo que debía de pesar mucho más de medio *pud*. [37] La gente alargaba la mano y yo repartía a puñados cuanto podía coger. Dos judíos me detuvieron a la salida.

—¡Es usted valiente! ¡Es usted muy valiente! —me dijeron—, pero váyase mañana por la mañana sin demora, cuanto antes; si no, lo perderá absolutamente todo...

No los escuché. El paseo estaba tan oscuro que no podía verme las manos. Hasta el hotel había media *versta*. Nunca había tenido miedo de los ladrones, ni de los bandidos, ni siquiera de pequeño. Tampoco pensaba en ellos ahora. De hecho no tengo ni idea de lo que pensaba durante el camino. No tenía pensamientos. Tan solo sentía un terrible placer por el éxito, por la victoria, por el poder, no sé cómo expresarlo. Se me apareció la imagen

---

36 En francés en el original: El caballero ha ganado ya cien mil florines.

37 Medida de peso rusa equivalente a 16,58 kg.

de Polina. Recordé y fui consciente de que iba a verla, de que iba a encontrarme con ella y de que le iba a contar, de que le iba a mostrar... pero ya casi ni me acordaba de lo que me había dicho antes y de por qué había ido y todas esas sensaciones que había tenido hacía tan solo hora y media me parecían ahora un pasado remoto, superado, lejano, algo que nunca más recordaríamos porque a partir de ahora todo comenzaría de nuevo. Casi al final del paseo me sentí de pronto sobrecogido por el miedo. «¿Qué pasaría si me mataran o me robaran ahora?». El miedo se multiplicaba a cada paso. Ya casi corría. De pronto vi al final del paseo nuestro hotel, iluminado por infinidad de luces. Gracias a Dios, ¡estaba en casa!

Fui corriendo hasta mi piso y abrí la puerta de par en par a toda prisa. Polina estaba ahí, tumbada en mi diván, frente a una vela encendida, con los brazos cruzados. Me miró con sorpresa y no es raro, puesto que en ese momento yo debía de tener un aspecto bastante extraño. Me detuve de pie frente a ella y comencé a lanzar sobre la mesa todo el montón de dinero.

CAPÍTULO XV

RECUERDO que me miraba a los ojos tan fijamente que resultaba terrible, no se movió del sitio, no cambió siquiera de postura.

—He ganado doscientos mil francos —grité lanzando el último paquete. Yo no podía apartar la mirada del enorme montón de billetes y paquetes de oro que llenaban la mesa. Por unos minutos me olvidé completamente de Polina. Ordenaba los montones de billetes, poniéndolos unos encima de otros, o reunía el oro en un solo montón, después lo tiraba todo y daba unos pasos rápidos por la habitación, me quedaba un rato pensativo, después de pronto me acercaba otra vez a la mesa y comenzaba a contar el dinero de nuevo. De repente me lancé sobre la puerta y la cerré rápidamente con dos vueltas de llave, como si hubiera vuelto en mí. Luego me detuve pensativo delante de mi pequeña maleta.

—¿Debería ponerlo en la maleta hasta mañana? —pregunté volviéndome hacia Polina, de quien me acordé de pronto. Continuaba sentada, inmóvil, siguiendo mis movimientos sin pestañear. La expresión de su rostro era muy extraña y no me gustó. No me equivoco si digo que había odio en ella.

Me dirigí rápidamente hacia ella.

—Polina, aquí hay veinticinco mil florines, eso son cincuenta mil francos, incluso más. Cójalos, lánceselos mañana a la cara.

No me respondió.

—Si quiere, yo mismo se los llevo mañana por la mañana. ¿Qué me dice?

De pronto se echó a reír, y así estuvo durante un buen rato.

La miré con sorpresa y con tristeza. Era una risa muy parecida a aquella con la que hasta no hacía mucho se burlaba de mí y que siempre llegaba en el momento en que yo hacía mis confesiones más apasionadas. Finalmente dejó de reírse y frunció el ceño; me miró severa y huraña.

—No voy a coger su dinero —me dijo con desprecio.

—¿Cómo? ¿Qué significa eso? —grité—. Polina, ¿por qué?

—Yo no cojo dinero regalado.

—Se lo estoy ofreciendo como un amigo. Le estoy ofreciendo mi vida. —Me dedicó una mirada larga e inquisitiva, como si quisiera atravesarme.

—A un precio muy alto —dijo riéndose—. La amante de Des Grieux no vale cincuenta mil francos.

—¡Polina, cómo puede hablarme así! —exclamé en tono de reproche—. ¿Acaso me compara con Des Grieux?

—¡Le odio! ¡Sí! ¡Sí! ¡No le quiero más que a Des Grieux! —gritó de pronto y los ojos comenzaron a brillarle.

Llegados a este punto se tapó la cara con las manos y sufrió un ataque de histeria. Fui corriendo hacia ella.

Me di cuenta de que algo le había pasado en mi ausencia. Parecía haber perdido completamente el juicio.

—¡Cómprame! ¿Quieres? ¿Quieres? ¿Por cincuenta mil francos, como Des Grieux? —soltó entre sollozos compulsivamente. La abracé, le besé las manos, los pies, me puse de rodillas ante ella.

El ataque de histeria fue remitiendo. Puso las manos sobre mis hombros y me miró fijamente. Parecía como si quisiera leer algo en mi rostro. Me escuchaba, pero no parecía oír lo que le decía. Su rostro reflejaba ansiedad y preocupación. Temí por ella. Tuve la clara impresión de que estaba perdiendo el juicio. Me atraía de pronto lentamente hacia sí, en su rostro aparecía

una sonrisa confiada y al instante siguiente me apartaba de un empujón y me observaba con mirada sombría.

De pronto se abalanzó para abrazarme.

—Pero ¿me quieres, me quieres? —decía—. Porque tú, porque tú... ¡te querías retar con el barón por mi culpa! —Y de pronto se echó a reír como si le hubiera venido a la memoria algo divertido y agradable.

Reía y lloraba al mismo tiempo. ¿Qué podía hacer? Yo mismo estaba febril. Recuerdo que comenzó a decirme algo y que no fui capaz de entender casi nada. Era una especie de delirio, de balbuceo (como si quisiera contarme algo a toda velocidad), que se veía interrumpido de vez en cuando por una alegre risa que acabó por asustarme. «No, no, tú eres bueno, bueno... —repetía—, ¡tú eres mi amigo fiel!», y de nuevo me ponía las manos en los hombros, volvía a observarme y repetía otra vez: «Tú me quieres... me quieres... ¿me vas a querer?». Yo no apartaba la mirada de ella. Nunca había visto en ella semejantes muestras de ternura y amor. Era evidente que estaba delirando, pero... al darse cuenta de mi mirada apasionada, se echó a reír de nuevo con malicia. De pronto, sin razón aparente, comenzó a hablar de *mister* Astley.

De hecho comenzó a hablar de *mister* Astley sin parar (especialmente cuando intentó contarme algo que había pasado esa tarde), pero fui incapaz de entender de qué se trataba. Parecía reírse también de él. Repetía constantemente que la estaba esperando... que seguramente yo sabía que en ese mismo momento él la estaba esperando bajo la ventana. «Sí, sí, bajo la ventana, abre, verás, verás, ¡está ahí, ahí!». Me empujaba hacia la ventana, pero en cuanto yo me movía ella rompía a reír, yo permanecía a su lado y ella se lanzaba a darme un abrazo.

—¿Nos iremos? Porque nos iremos mañana, ¿no es cierto? —se le metió de pronto en la cabeza—. Pero... —Y se quedó pensativa—. ¿Crees que conseguiremos alcanzar a la abuela? ¿Qué opinas? Yo creo que la alcanzaremos en Berlín. ¿Qué crees que dirá cuando nos vea? ¿Y *mister* Astley? Ese no se tiraría de Schlangenberg... ¿Tú qué crees? —Se echó a reír—. Pero escucha: ¿sabes adónde irá el verano que viene? Quiere ir al Polo Norte en una expedición científica y me ha pedido que vaya con él, ¡ja, ja, ja! Dice que

nosotros los rusos no sabemos hacer nada sin los europeos y que no somos capaces de nada... ¡Pero él también es bueno! ¿Sabes que justifica al general? Dice que Blanche... que la pasión... pero no sé, no sé —repitió de pronto como si se hubiera dejado llevar y hubiera perdido el hilo—. Pobrecitos, qué pena me dan; y la abuela... Pero escucha, escucha, ¿habrías matado a Des Grieux? ¿De veras pensabas que podrías matarlo? Oh, ¡qué tonto! ¿Acaso crees que voy a dejarte que retes a duelo a Des Grieux? Tú no matarías ni al barón —añadió de pronto echándose a reír—. Oh, qué divertido estabas ese día con el barón, yo os estaba mirando a los dos desde el banco. Y qué pocas ganas tenías de ir cuando te mandé. Cómo me reí entonces, cómo me reí —añadió riéndose a carcajadas.

Y de pronto comenzó a besarme y a abrazarme de nuevo, apretando tierna y apasionadamente su rostro contra el mío. Yo ya era incapaz de pensar o escuchar nada. La cabeza me daba vueltas...

Creo que eran alrededor de las siete de la mañana cuando volví en mí. El sol brillaba en la habitación. Polina estaba sentada a mi lado mirando a su alrededor con extrañeza, como si estuviera saliendo de entre las tinieblas e intentara recordar. Ella también se acababa de despertar y miraba fijamente el dinero que había sobre la mesa. Yo sentía la cabeza pesada y dolorida. Me entraron ganas de coger a Polina de la mano. Ella de pronto me apartó y se levantó del sofá. La mañana estaba nublada. Había llovido antes de amanecer. Se acercó a la ventana y la abrió, sacó la cabeza y el pecho y se apoyó con los codos en el quicio de la ventana. Así estuvo unos tres minutos, sin volverse hacia mí y sin escuchar lo que yo le decía. Aterrado, me pregunté de pronto: «¿Qué pasará hoy, cómo acabará todo esto?». Súbitamente, se apartó de la ventana y se acercó a la mesa. Me miró con una expresión de odio infinito y los labios temblando de maldad, y dijo:

—Bueno, ¡dame ahora mis cincuenta mil francos!

—Polina, ¡otra vez, otra vez! —empecé a decir yo.

—¿O es que te lo has pensado mejor? ¡Ja, ja, ja! ¿Has cambiado de idea?

Sobre la mesa había veinticinco mil florines que había contado por la noche. Los cogí y se los di.

—¿Conque ahora son míos? ¿No es así? ¿No? —me preguntó con maldad, sosteniendo el dinero en las manos.

—Sí, siempre han sido tuyos —dije yo.

—¡Aquí tienes tus cincuenta mil francos! —dijo levantando la mano y lanzándomelos. El paquete me hizo daño al golpearme el rostro y el dinero quedó esparcido, por el suelo. Acto seguido Polina salió corriendo de la habitación.

Soy consciente de que en ese momento ella no estaba del todo en sus cabales, aunque no puedo comprender esa demencia temporal. Lo cierto es que a día de hoy, un mes después, sigue enferma. ¿Cuál fue, sin embargo, la causa de su reacción y, sobre todo, de su salida? ¿Su orgullo herido? ¿La desesperación por haber tenido que recurrir a mí? ¿Creería que yo, henchido de mi suerte, deseaba, al igual que Des Grieux, librarme de ella dándole cincuenta mil francos? Pero no era así, lo sé en conciencia. Creo que en parte fue también por su vanidad. La vanidad la aconsejó ofenderme y no confiar en mí, aunque quizás no viera todo esto con claridad. En ese caso pagué por Des Grieux, por supuesto, y puede que me convirtiera en el culpable sin haber cometido un gran delito. Es verdad que todo esto era solo un delirio, que yo sabía que ella deliraba, así que... no le presté atención a esta circunstancia. ¿Puede que ahora no me lo pueda perdonar? Sí, eso es, pero ¿y entonces, entonces? ¿Acaso su delirio y su enfermedad eran tan graves que había olvidado lo que hacía cuando vino a mí con la carta de Des Grieux? No, claro que sabía lo que hacía.

Metí tan rápido como pude los billetes y el montón de oro en la cama, lo tapé todo y salí unos diez minutos después de Polina. Estaba convencido de que había huido a su habitación, por lo que quería acercarme inadvertidamente y en el recibidor preguntarle a la niñera por la salud de la señorita. Cuál no sería mi sorpresa cuando, al encontrarme a la niñera en las escaleras, supe que Polina todavía no había regresado y que ella misma se dirigía a mi habitación en su busca.

—Ahora mismo —le dije—, ahora mismo, ha salido hace diez minutos. ¿Adónde puede haber ido?

La niñera me miró con reproche.

El escándalo ya circulaba por todo el hotel. En la portería y en las habitaciones del servicio todos cuchicheaban que la *Fräulein* había salido corriendo del hotel bajo la lluvia a las seis de la mañana en dirección al Hotel d'Angleterre. Por sus palabras e insinuaciones noté que sabían que había pasado toda la noche en mi habitación. Por otro lado, ya circulaban rumores sobre toda la familia del general: se sabía que este había perdido la cabeza el día anterior y que había estado llorando por todo el hotel. Contaban, además, que la vieja era su madre y que había venido especialmente de Rusia para prohibir a su propio hijo que se casara con *mademoiselle* de Cominges, amenazándolo con desheredarlo en caso de que la desobedeciera; y como él efectivamente la había desobedecido, la condesa había perdido todo su dinero a la ruleta a propósito para no dejarle nada. «*Diese Russen!*»,[38] repetía el camarero jefe con indignación, sacudiendo la cabeza. Otros se reían. El camarero jefe preparó la cuenta. Todos sabían ya de mi suerte. Karl, el sirviente de la planta, fue el primero en felicitarme. Pero yo no tenía tiempo para eso. Salí corriendo en dirección al Hotel d'Angleterre.

Todavía era pronto y *mister* Astley no recibía a nadie. Cuando supo que era yo, vino a verme al pasillo, se plantó delante de mí y me clavó en silencio su mirada plomiza a la espera de escuchar lo que tenía que decirle. Le pregunté inmediatamente por Polina.

—Está enferma —me contestó *mister* Astley, con la mirada clavada en mí.

—¿Así que se encuentra con usted?

—Sí, se encuentra conmigo.

—¿Y tiene usted...? ¿Tiene usted intención de retenerla?

—¡Oh sí! Tengo esa intención.

—*Mister* Astley, esto provocará un escándalo, no puede ser. Además, está enferma. ¿Acaso no se ha dado cuenta?

—Oh sí, me he dado cuenta y ya le he dicho que está enferma. Si no estuviera enferma, no habría pasado la noche con usted.

—¿Así que usted también lo sabe?

—Lo sé. Ayer por la tarde vino aquí y yo quise llevarla donde una pariente mía, pero como estaba enferma, se equivocó y fue a verle a usted.

---

38 En alemán en el original: ¡Estos rusos!

—¡Imagínese! Le felicito, *mister* Astley. Por cierto, me acaba de recordar una cosa. ¿No pasaría usted toda la noche bajo nuestra ventana? *Miss* Polina insistió toda la noche en que abriera la ventana y mirara a ver si estaba usted debajo. Y se reía mucho.

—¿Ah sí? No, no estuve bajo la ventana. Aunque sí estuve en el pasillo y dando vueltas.

—Pero hay que curarla, *mister* Astley.

—Oh sí, ya he llamado al doctor y si muere le haré a usted responsable de ello.

Me quedé perplejo.

—Perdone *mister* Astley, ¿qué es lo que quiere?

—¿Es cierto que ayer ganó doscientos mil táleros?

—Solo cien mil florines.

—¡Perfecto! Así puede irse hoy mismo a París.

—¿A qué?

—Todos los rusos que tienen dinero van a París —explicó *mister* Astley como si estuviera leyéndolo en un libro.

—¿Y qué voy a hacer yo ahora, en verano, en París? ¡La amo, *mister* Astley! Usted lo sabe.

—¿Ah sí? Estoy convencido de que no. Además, si ustedes se quedaran aquí lo perderían todo y no tendrían con qué ir a París. Y ahora, adiós. Estoy plenamente convencido de que hoy mismo se irá a París.

—Bien, pues adiós, solo que no iré a París. *Mister* Astley, piense qué pasará ahora con todos nosotros. Quiero decir, el general... y ahora esta aventura con *miss* Polina, porque esto se sabrá en toda la ciudad.

—Sí, en toda la ciudad. Pero creo que al general no le preocupa lo más mínimo, no creo que tenga tiempo para ello. Además, *miss* Polina tiene todo el derecho a vivir donde le apetezca. En cuanto a esa familia, se puede decir sin peligro a equivocarse que ya no existe.

Me fui riéndome para mis adentros de la extraña seguridad que tenía ese inglés de que me iría a París. «Y además me quiere retar a un duelo si *mademoiselle* Polina muere —pensé—, ¡menuda contrariedad!». Juro que sentía lástima por Polina pero, por extraño que parezca, desde el instante en que

había llegado a la mesa de juego el día anterior y comenzado a acumular dinero, mi amor pareció pasar a un segundo plano. Esto lo puedo decir ahora. En aquel entonces no veía todo esto con claridad. ¿Era yo efectivamente un jugador? ¿Acaso no sería que... que amaba a Polina de esa forma tan extraña? No, ¡la sigo queriendo igual, lo juro por Dios! En aquel momento, al salir del hotel de *mister* Astley, de camino a casa, sufría sinceramente y me sentía culpable. Pero... pero entonces me sucedió algo absurdo y extraño.

Me dirigía a toda prisa a las habitaciones del general cuando, a punto de llegar, se abrió una puerta y alguien me gritó. Se trataba de *madame veuve* Cominges y me llamaba por orden de *mademoiselle* Blanche. Entré en las habitaciones de *mademoiselle* Blanche.

Tenían un alojamiento pequeño, de dos habitaciones. Oír a *mademoiselle* Blanche reírse y dar gritos en el dormitorio. Se estaba levantando de la cama.

—*Ah, c'est lui! Viens donc, bête!* ¿Es cierto que *tu as gagné une montagne d'or et d'argent? J'aimerais mieux l'or.*[39]

—Es cierto —respondí yo riéndome.

—¿Cuánto?

—Cien mil florines.

—*Bibi, comme tu es bête.* Pero ven aquí, que no te oigo. *Nous ferons bombance, n'est-ce pas?*[40]

Entré en su cuarto. Estaba tumbada bajo un cubrecama de raso rosa, del que sobresalían unos hombros maravillosos, morenos y robustos, de esos que quizás solo se ven en sueños, apenas cubiertos por un camisón de batista ribeteado de encaje blanquísimo que, sorprendentemente, combinaba muy bien con su piel morena.

—*Mon fils, as-tu du cœur?*[41] —gritó cuando me vio y se echó a reír. Siempre se reía con alegría y a veces incluso con sinceridad.

—*Tout autre...*[42] —comencé parafraseando a Corneille.

---

39 En francés en el original: ¡Es Él! ¡Ven aquí, tonto! ¿Es cierto que has ganado una montaña de oro y plata? Yo prefiero el oro.

40 En francés en el original: Bibi, qué tonto eres [...] ¿Haremos una fiesta, no es cierto?

41 En francés en el original: Hijo mío, ¿eres valiente?

42 En francés en el original: Todo lo contrario...

—Lo ves, *vois-tu* —parloteó—; en primer lugar, busca unas medias y ayúdame a calzarme y después, *si tu n'es pas trop bête, je te prends à Paris.*[43] ¿Sabes? Me voy ahora mismo.

—¿Ahora?

—Dentro de media hora.

Y era cierto, todo estaba preparado. Las maletas y todos sus enseres estaban ya dispuestos. El café había sido servido hace tiempo.

—*Eh bien!* Si quieres, *tu verras Paris. Dis donc qu'est-ce que c'est qu'un outchitel? Tu étais bien bête, quand tu étais outchitel.*[44] ¿Dónde están mis medias? Pónmelas, ¡venga!

Me acercó un pie realmente admirable, moreno, pequeño, perfecto, como casi todos esos pies que se ven tan hermosos dentro de unas botas. Yo me eché a reír y comencé a ponerle las medias. *Mademoiselle* Blanche, mientras tanto, parloteaba sentada en la cama.

—*Eh bien, que feras-tu, si je te prends avec?* En primer lugar, *je veux cinquante mille francs.* Me los darás en Frankfurt. *Nous allons à Paris.* Allí viviremos juntos *et je te ferai voir des étoiles en plein jour.*[45] Verás las mujeres más bellas que nunca hayas visto. Escucha...

—Espera, si te doy cincuenta mil francos, ¿qué es lo que me queda?

—*Et cent cinquante mille francs,*[46] ¿o acaso lo has olvidado? Además, estoy de acuerdo en vivir en tu piso uno o dos meses, *que sais-je!*[47] Por supuesto, durante esos dos meses viviremos de tus ciento cincuenta mil francos. ¿Ves?, *je suis bonne enfant*[48] y te digo de antemano, *mais tu verras des étoiles.*[49]

—Cómo, ¿todo en dos meses?

---

43 En francés en el original: Si no eres demasiado tonto, te llevaré a París.

44 En francés en el original: Verás París. Por cierto, ¿qué es un *outchitel*? Eras muy tonto cuando eras un *outchitel*.

45 En francés en el original: Pero ¿qué vas a hacer si te llevo conmigo? Quiero cincuenta mil francos [...] Iremos a París [...] y haré que veas las estrellas en pleno día.

46 En francés en el original: Y ciento cincuenta mil francos.

47 En francés en el original: ¡Qué sé yo!

48 En francés en el original: Soy buena chica.

49 En francés en el original: Pero vas a ver las estrellas.

—¡Cómo! ¡Te asustas! *Ah, vil esclave!* ¿Acaso no sabes que un mes de esta vida es mejor que toda tu existencia? *Un mes, et après le déluge! Mais tu ne peux comprendre, va!* Vete, vete, ¡no te lo mereces! *Ay, que fais-tu?*[50]

En ese mismo instante, cuando le estaba poniendo la segunda media, no me pude contener y le besé la pierna. Ella la retiró y comenzó a golpearme en la cara. Finalmente, terminó por echarme. *«Eh bien, mon outchitel, je t'attends, si tu veux.*[51] ¡Me voy en un cuarto de hora!», me gritó mientras me iba.

Cuando llegué a mi cuarto estaba mareado. Bueno, yo no tenía la culpa de que el día anterior *mademoiselle* Polina me hubiera lanzado un paquete de dinero a la cara y de que hubiera preferido a *mister* Astley. En el suelo había todavía algunos billetes. Los recogí. En ese mismo momento, se abrió la puerta y apareció el mismísimo camarero jefe (que antes no quería ni mirarme) con una invitación. Me ofreció que me mudara abajo a unas habitaciones excelentes en las que hasta hacía poco se alojaba el conde V.

Me quedé de pie, pensativo.

—¡La cuenta! —grité—. Me voy, en diez minutos. «¿París? ¡Pues París! —pensé para mis adentros—. Quiere decir que ese era mi destino».

En un cuarto de hora estábamos los tres sentados en un compartimento: yo, *mademoiselle* Blanche *et madame veuve* Cominges. *Mademoiselle* Blanche se reía como una histérica mientras me miraba. *Veuve* Cominges la secundaba. No puedo decir que yo estuviera alegre. Mi vida se había partido en dos, pero desde el día anterior ya me había acostumbrado a jugármela a una carta. Puede que fuera cierto que el dinero no me sentaba bien y que se me había subido a la cabeza. *Peut-être, je ne demandais pas mieux.*[52] Pensé que cambiaría de escenario por un tiempo, solo por un tiempo. «Pero después de un mes volveré y entonces... entonces, ¡ya nos veremos las caras, *mister* Astley!». No, ahora recuerdo que en aquel momento estaba terriblemente triste, por más que compitiera en carcajadas con esa boba de Blanche.

---

50 En francés en el original: ¡Y después, que sea lo que Dios quiera! Pero tú no puedes entenderlo [...] ¿pero qué haces?

51 En francés en el original: Bueno, mi *outchitel*, te esperaré si quieres.

52 En francés en el original: Tal vez, era lo único que pedía.

—Pero ¡qué te pasa! ¡Qué tonto eres! Pero ¡qué tonto! —gritaba Blanche, dejando de reírse por un momento y regañándome con seriedad—. Y sí, sí, sí, viviremos de tus doscientos mil francos, pero a cambio *tu seras heureux, comme un petit roi*,[53] yo misma te pondré la corbata y te presentaré a Hortense. Y cuando nos hayamos gastado todo nuestro dinero vendrás aquí y volverás a quebrar la banca. ¿Qué te dijeron los judíos? La valentía es lo más importante y tú la tienes, así que volverás a traer dinero a París más de una vez. *Quant à moi, je veux cinquante mille francs de rente et alors...*[54]

—¿Y el general? —le pregunté.

—Pues el general, ya lo sabes, viene todos los días a verme con un ramo de flores. Esta vez lo envié a buscarme las flores más raras. El pobre volverá y el pájaro ya no estará en el nido. Vendrá volando detrás de nosotros, ya verás. ¡Ja, ja, ja! Me hará muy feliz. Me hará falta en París. Aquí pagará por él *mister* Astley...

Y así me fui a París.

53   En francés en el original: Serás feliz como un pequeño rey.

54   En francés en el original: En cuanto a mí, quiero cincuenta mil francos de renta y después...

CAPÍTULO XVI

¿QUÉ PODRÍA contar de París? Todo fue un delirio y una tontería, por supuesto. Estuve allí algo más de tres semanas, tiempo en el que desaparecieron mis cien mil francos. Me refiero únicamente a mis cien mil. Los otros se los di a *mademoiselle* Blanche en dinero contante y sonante, cincuenta mil en Frankfurt y tres días después, en París, los otros cincuenta mil francos con una letra de cambio con la que, una semana después, sacó el dinero, *«et les cent mille francs, qui nous restent, tu les mangeras avec moi, mon outchitel».*[55] Siempre me llamaba *outchitel*. Cuesta imaginar que haya en el mundo nada más mezquino, avaro y ruin que el tipo de personas a las que pertenece *mademoiselle* Blanche. Siempre, por supuesto, que se trate de su dinero. En lo tocante a mis cien mil francos, más tarde me dijo abiertamente que los necesitaba para instalarse en París. «Por fin viviré de forma decente y no habrá nadie que me lo impida; al menos así lo he planeado», añadió. En fin, que casi no llegué a ver esos cien mil. El dinero lo guardaba ella siempre, y en mi monedero, en el que ella metía la mano todos los días, nunca había más de cien francos y casi siempre había menos.

---

55 En francés en el original: Y los cien mil francos que nos quedan nos los comeremos juntos, mi *outchitel*.

«Pero ¿para qué necesitas el dinero?», me decía a veces con toda llaneza; yo no discutía con ella. Lo que sí hizo con ese dinero fue arreglar todo su piso, y muy bien. Cuando me llevó a la nueva casa, al enseñarme la habitación me dijo: «Mira lo que se puede hacer apurando el dinero y con algo de gusto, incluso con los medios más ínfimos». Esa miseria ascendió, por cierto, exactamente a cincuenta mil francos. Con los otros cincuenta mil pagó un carruaje, caballos. Además, dimos dos bailes, es decir, dos fiestas en las que estuvieron Hortense, Lisette y Cléopâtre, mujeres notables en muchos aspectos y hasta hermosas en muchos sentidos. En estas dos fiestas tuve que interpretar el estúpido papel del anfitrión, recibir y entretener a comerciantes tontos y ricos de una ignorancia y sinvergonzonería increíbles, a varios tenientes y a mezquinos escritorzuelos y bichejos del periodismo que aparecieron con fracs a la moda y guantes de color crema y con una arrogancia y un orgullo de tal calibre que hasta en nuestro Petersburgo, y ya es decir, resultaría inaudito. Se les ocurrió incluso reírse de mí, pero yo me emborraché con champán y fui a tumbarme a otra habitación. Todo esto me resultaba extremadamente repugnante. «*c'est un outchitel*», decía Blanche hablando de mí. «*Il a gagné deux cent mille francs* y sin mí no sabría ni cómo gastárselos. Después volverá a ser profesor. ¿No sabe nadie de algún lugar donde colocarlo? Hay que hacer algo por él». Comencé a recurrir al champán cada vez más a menudo, porque estaba siempre triste y extremadamente aburrido. Vivía en el ambiente más burgués y materialista posible, donde se contaba y calculaba hasta el último céntimo. Durante las primeras dos semanas, Blanche no me apreciaba lo más mínimo, lo noté claramente. Es cierto que me vistió con elegancia y que ella misma me anudaba la corbata cada mañana, pero en el fondo de su alma me despreciaba. Yo no le prestaba la más mínima atención. Aburrido y abatido, tomé la costumbre de ir al Château des Fleurs a emborracharme todas las tardes y a aprender a bailar cancán, que allí bailan de forma horrorosa, llegando a adquirir incluso cierta popularidad. Blanche finalmente se dio cuenta de cómo era yo. Al principio pensó que, durante nuestra convivencia, yo iba a ir detrás de ella con un lápiz y un papel anotando todo lo que había gastado, cuánto había robado y cuánto le quedaba por robar. Y, por supuesto, estaba

convencida de que nos pelearíamos por cada diez francos. Había pensado de antemano una respuesta para cada una de mis acusaciones. Pero al ver que yo no la atacaba, ella misma comenzó a responderme aunque yo no le hubiera dicho nada. Algunas veces comenzó con ardor pero, viendo que yo seguía en silencio, a menudo tirado en el sofá y mirando el techo inmóvil, llegó incluso a sorprenderse. Al principio pensó que yo era simple mente tonto, «un *outchitel*», e interrumpía su explicación, probablemente pensando para sí: «Es tonto, así que mejor no explicarle nada porque no se va a enterar». Se iba unos diez minutos y volvía después (todo esto en la época en la que estaba gastando de forma más frenética, unos gastos totalmente desproporcionados, como por ejemplo cuando cambió los caballos y compró una pareja por dieciséis mil francos).

—¿Qué tal estás, Bibi? ¿No estás enfadado? —dijo viniendo hacia mí.

—¡Nooooo! ¡Me caaaansas! —le dije yo apartándola con el brazo, lo que le provocó tanta curiosidad que inmediatamente se sentó a mi lado.

—Verás, si he decidido gastar tanto es porque los estaban vendiendo de ocasión. Se pueden volver a vender por veinticinco mil francos.

—Te creo, te creo. Los caballos son preciosos y ahora tienes un tiro maravilloso. Te hace falta, pues bien.

—Entonces, ¿no estás enfadado?

—¿Y por qué habría de estarlo? Haces bien comprando algunas cosas que te resultan imprescindibles. Todo esto te hará falta algún día. Comprendo que tienes que establecerte a lo grande, de otra forma no conseguirás ganar un millón. Estos cien mil francos nuestros son solo el comienzo, una gota en el mar.

Lo último que esperaba Blanche de mí era ese tipo de reflexiones (en lugar de gritos y reproches) y parecieron abrírsele los ojos.

—¡Así que tú... tú eres así! *Mais tu as de l'esprit pour comprendre! Sais-tu, mon garçon*,[56] aunque seas un *outchitel*, ¡deberías haber nacido príncipe! ¿Así que no lamentas que el dinero se esté yendo tan rápido?

—¡Ojalá se fuera más rápido!

---

56   En francés en el original: ¡Así que eres capaz de entenderlo! ¿Sabes, mi niño?

—*Mais... sais-tu... mais dis, donc,* ¿acaso eres rico? *Mais sais-tu,* desprecias demasiado el dinero. *Qu'est-ce que tu feras après, dis donc?*[57]

—*Après,* iré a Homburg y ganaré otros cien mil francos.

—*Oui, oui, c'est ça, c'est magnifique!* Y yo estoy convencida de que los ganarás y de que los traerás aquí. *Dis donc,* ¡vas a acabar haciendo que te quiera de verdad! *Eh bien,* por ser así te voy a amar todo este tiempo y no te seré infiel ni una vez. Ya ves, no te he querido en todo este tiempo, *parce que je croyais, que tu n'est qu'un outchitel (quelque chose comme un laquais, n'est-ce pas?),* pero a pesar de eso te he sido fiel, *parce que je suis bonne fille.*[58]

—¡Mientes! ¿Qué me dices de Albert, ese oficialillo moreno? ¿Acaso no te vi la última vez...?

—*Oh, oh, mais tu es...*

—Vamos, mientes, mientes. ¿Acaso crees que me voy a enfadar contigo? ¡Me da absolutamente igual! *Il faut que jeunesse se passe.*[59] No te voy a obligar a que lo eches, él estaba antes que yo y tú lo amas. Tan solo quiero que no le des dinero, ¿me oyes?

—Entonces, ¿por qué estás enfadado? *Mais tu es un vrai philosophe, sais-tu? Un vrai philosophe!* —gritó entusiasmada—. *Eh bien, je t'aimerai, je t'aimerai... Tu verras, tu sera content!*[60]

Y lo cierto es que, a partir de ese momento, pareció casi como si realmente se encariñara conmigo, incluso se comportó de forma amistosa. Así pasaron nuestros últimos diez días. Nunca vi esas «estrellas» que me había prometido. Pero, en cierto modo, cumplió su palabra. Además de eso me presentó a Hortense, que era una mujer extraordinaria a su manera y a quien en nuestro círculo llamaban Thérèse-philosophe...

Sin embargo, no hay por qué extenderse. Todo esto podría constituir en sí mismo un relato colorido que no quiero incluir en esta historia. El caso es que yo deseaba con todas mis fuerzas que todo aquello terminase cuanto

---

57 En francés en el original: ¿Qué harás después?

58 En francés en el original: Porque yo creía que no eras más que un *outchitel* (algo así como un lacayo, ¿no es cierto?) [...] Porque soy buena chica.

59 En francés en el original: Son cosas de juventud.

60 En francés en el original: Pero eres un verdadero filósofo, ¿sabes? ¡Un verdadero filósofo! Te amaré, te amaré, ya lo verás, ¡vas a ser feliz!

antes. Pero nuestros cien mil francos aguantaron, como ya he dicho, casi un mes, lo que sinceramente me sorprendió. Blanche se gastó por lo menos ochenta mil francos en comprarse cosas y vivimos tan solo con veinte mil francos, a pesar de lo cual alcanzó. Blanche, que al final era casi sincera conmigo (al menos en algunas cosas ya no me mentía), confesó que al menos no me dejaría con deudas de algunos préstamos que había tenido que pedir. «No te he hecho firmar cuentas ni letras de cambio —me dijo—, porque me dabas pena. Cualquier otra lo habría hecho sin dudarlo y se habría ido dejándote en la cárcel. ¿Ves, ves lo que te he querido y lo buena que he sido? ¡Aunque esa maldita boda costará una fortuna!».

Porque también celebramos una boda. Tuvo lugar al final de nuestro mes y hay que admitir que en ella se fue hasta el último de mis cien mil francos. Con eso se terminó, terminó nuestro mes, quiero decir; después de eso quedé formalmente fuera de servicio.

La historia de la boda es la siguiente: una semana después de instalarnos en París llegó el general. Fue directamente a ver a Blanche y desde la primera visita prácticamente se quedó con nosotros, aunque tenía un piso suyo no sé bien dónde. Blanche lo recibió con alegría, con gritos y risas, e incluso se abalanzó para abrazarlo. Al final, era ella la que no lo dejaba ir y él tenía que seguirla a todos sitios: al bulevar, a los paseos en carruaje, al teatro, de visita. El general todavía valía para este menester; tenía cierto empaque y era respetable, bastante alto, llevaba el bigote y las patillas teñidas (había servido en los coraceros) y seguía siendo elegante, aunque tenía el rostro algo fofo. Sus modales eran excelentes y llevaba el frac con naturalidad. En París comenzó a llevar sus medallas. Con alguien así no solo se podía pasear por el bulevar, sino que incluso era, si se me permite la expresión, *recomendable.* El bueno y estúpido del general estaba terriblemente satisfecho con todo esto. No era para nada lo que esperaba encontrar cuando apareció en París. Se había presentado casi temblando de miedo. Pensaba que Blanche empezaría a gritarle y que ordenaría que lo echaran. Y ante semejante giro en los acontecimientos, estaba radiante y pasó todo el mes en un estado de arrobo estúpido. Así fue como lo dejé. Cuando llegué aquí supe con más detalle que, tras nuestra repentina partida de Ruletemburgo aquella mañana,

tuvo algo parecido a un ataque. Cayó sin sentido y después estuvo delirando toda la semana como si se hubiera vuelto loco. Lo pusieron en tratamiento, pero de repente lo dejó todo, se subió a un tren y vino hasta París. Por supuesto, la recepción de Blanche fue la mejor medicina que podía tener. Pero los síntomas de la enfermedad permanecieron durante mucho tiempo a pesar de su estado de éxtasis y de felicidad. Era incapaz de razonar o siquiera de mantener una conversación que fuera mínimamente seria. En caso de que así fuera, se limitaba a rematar cualquier cosa que le dijeran con un «¡Hmmm!» y asentía con la cabeza antes de alejarse. A menudo se echaba a reír, pero con una risa nerviosa, enfermiza, como si se ahogara. Otras veces se quedaba sentado durante horas enteras, sombrío, frunciendo sus tupidas cejas. Se olvidaba por completo de las cosas. También se volvió escandalosamente distraído y adoptó la costumbre de hablar solo. Solo Blanche era capaz de animarlo. Y los ataques de tristeza y melancolía, cuando se iba a un rincón, significaban únicamente que hacía mucho tiempo que no veía a Blanche o que Blanche había ido a algún lugar y no lo había llevado con ella, o que se había ido sin hacerle una caricia. Pero no decía lo que quería y ni siquiera se daba cuenta de que estaba triste y melancólico. A veces, después de estar sentado una o dos horas (esto lo comprobé un par de veces en que Blanche se fue durante todo el día, probablemente a casa de Albert), comenzaba de pronto a mirar a su alrededor, se ponía nervioso, buscaba con la mirada intentando recordar, como si quisiera encontrar a alguien. Pero no veía a nadie y, como no recordaba lo que quería preguntar, caía de nuevo en su ensimismamiento hasta que Blanche, alegre, jovial, peripuesta, con su risa sonora, volvía a aparecer corriendo hacia él y comenzaba a zarandearlo, incluso llegaba a darle un beso, algo con lo que pocas veces lo obsequiaba. Una vez, el general se puso tan contento de verla que se echó a llorar. Me quedé muy sorprendido.

Desde el mismo momento en que el general apareció, Blanche comenzó a defenderlo. Incluso recurrió a la elocuencia. Me recordó que había traicionado al general por mi culpa, que prácticamente habían estado prometidos, que le había dado su palabra. Que por ella había abandonado él a su familia y, por último, que yo había estado a su servicio y debía recordarlo y que... ¡cómo no me daba vergüenza! Yo me mantuve en silencio mientras ella no dejaba de parlotear. Finalmente me eché a reír y así terminó el asunto, es decir, al principio pensó que yo era un imbécil y finalmente se quedó con la idea de que yo era muy bueno. En otras palabras, tuve la suerte de merecer el beneplácito absoluto de esta digna doncella. (Blanche, por otro lado, era ciertamente una muchacha muy buena, a su manera, por supuesto; yo no había sabido valorarla al principio). «Eres una persona buena e inteligente —me decía casi al final—, y... y... ¡es una pena que seas tan tonto! ¡No conseguirás nunca hacer fortuna!».

«Un vrai russe, un calmouk!».[61] Más de una vez me mandó que paseara al general, igual que si mandara a un lacayo que le sacaran su perrito a la calle. Yo lo llevaba al teatro, a Bal-Mabile, a restaurantes. Blanche me daba dinero para esto, aunque el general tenía su propio dinero y le encantaba sacar la billetera delante de la gente. Una vez casi tuve que recurrir a la fuerza para que no comprara un broche de setecientos francos que le había fascinado en el Palais Royale y que quería regalarle a Blanche a toda costa. Pero ¿cómo iba a comprar un broche de setecientos francos? El general en total tenía algo menos de mil francos. Nunca pude saber de dónde había salido ese dinero. Supongo que de *mister* Astley, más aún sabiendo que fue él quien pagó su cuenta del hotel. Creo que durante todo ese tiempo el general ni siquiera sospechó cuáles eran mis relaciones con Blanche. Había oído vagamente que yo había ganado una fortuna pero, seguramente, suponía que yo era algo así como un secretario personal de Blanche e incluso puede que pensara que estaba a su servicio. Al menos se dirigía a mí con la misma altivez que antes, como si fuera mi jefe, e incluso a veces me regañaba. Una vez, por la mañana, después del café, Blanche y yo nos reímos mucho con él. No era una persona susceptible en absoluto, pero de pronto se ofendió conmigo, ¿por qué? Todavía no lo sé. Aunque por otro lado, ni él mismo lo entendía. En resumen, comenzó a soltar un discurso sin pies ni cabeza, à *bâtons-rompus* gritaba que yo era un crío, que me iba a enseñar... que me iba a hacer comprender... etcétera, etcétera. Pero nadie pudo comprender nada. Blanche comenzó a

---

61   En francés en el original: Un auténtico ruso, un calmuco.

reírse a carcajadas. Finalmente, no sé cómo, consiguieron calmarlo y se lo llevaron a pasear. En más de una ocasión, por cierto, noté que se ponía triste, que algo o alguien le daba pena, que echaba algo de menos aunque estuviera Blanche. En estos momentos, un par de veces comenzó a hablar conmigo, pero nunca fue capaz de explicarse con sentido: se acordaba del ejército, de su difunta esposa, de sus negocios, de la propiedad. De pronto se le ocurría una palabra que lo alegraba y la repetía cien veces durante el día, aunque no expresara ningún sentimiento ni ninguna idea. Yo intenté sacar el tema de sus hijos, pero cambiaba rápidamente de tema con un trabalenguas parecido y seguía hablando de otra cosa. «¡Sí, sí, los niños, los niños, tiene razón, los niños!». Solo una vez se conmovió; íbamos juntos al teatro: «¡Esos pobres niños! —dijo de pronto—, ¡sí, señor, sí, pooobres niños!». Y después repitió esas palabras varias veces durante toda la tarde: «¡Pobres niños!». Una vez que le hablé de Polina se puso incluso furioso. «Esa ingrata —exclamó—, ¡es mala y desagradecida! ¡Ha deshonrado a la familia! ¡Si en este país hubiera leyes, la habría metido en cintura! ¡Sí, sí!». En cuanto a Des Grieux, no podía ni siquiera escuchar su nombre. «Ese hombre me arruinó —decía—, me robó, ¡me llevó a la ruina! ¡Esa ha sido mi pesadilla durante los últimos dos años! ¡Durante meses se me ha aparecido en sueños! Ese... Ese... Ese... ¡Oh, no me hable de él nunca más!».

Me di cuenta de que se traían algo entre manos, pero como de costumbre, me callé. Blanche fue la primera en comunicármelo. Sucedió justo una semana antes de que nos despidiéramos.

—*Il a de la chance*[62] —comenzó a decir a toda velocidad—, la *bábushka* ahora sí que está enferma de verdad. *Mister* Astley ha enviado un telegrama. A fin de cuentas sigue siendo su heredero, ¿no es cierto? Y, aunque no lo fuera, no me molesta lo más mínimo. En primer lugar tiene su pensión, y en segundo lugar vivirá en el cuarto de al lado y será completamente feliz. Yo seré *madame la générale*. Entraré en la alta sociedad (Blanche soñaba con esto constantemente) y seré por lo tanto una hacendada rusa, *j'aurai un château, des moujiks, et puis j'aurai toujours mon million*.[63]

—Y si comienza a tener celos, a exigir... Dios sabe qué cosas, ¿entiendes?

---

62   En francés en el original: Ha tenido suerte.

63   En francés en el original: Tendré un castillo, sirvientes, y después por fin tendré mi millón.

—*Oh no, non, non, non!* ¡No se atrevería! He tomado medidas, no te preocupes. Lo he obligado a firmar algunas letras de pago a nombre de Albert. Como se le ocurra... lo castigaré. ¡Pero no se atreverá!

—Bueno, cásate...

La boda se celebró sin demasiada ceremonia, en familia, tranquila. Invitamos a Albert y a algunas personas cercanas. Hortense, Cléopâtre y todos los demás quedaron descartados inmediatamente. El novio estaba muy preocupado por su posición. Blanche misma le anudó la corbata y le puso pomada en el pelo. Vestido de frac y con su chaleco blanco tenía un aspecto *très comme il faut.*[64]

—*Il est pourtant très comme il faut*[65] —me comunicó Blanche cuando salió de la habitación del general, como si la idea de que el general estuviera *très comme il faut* la sorprendiera. No participé en la ceremonia más que como un perezoso espectador, por lo que he olvidado en buena parte como sucedió todo. Tan solo recuerdo que Blanche resultó no ser «de Cominges», al igual que su madre tampoco era *veuve* Cominges, sino «du-Placet». ¿Cómo es que las dos habían sido «de Cominges» hasta ese momento? Lo ignoro. Pero el general pareció estar conforme también con esto y «du-Placet» pareció gustarle incluso más que «de Cominges». La mañana de la boda, ya completamente vestido, iba de un lado para otro de la sala y repetía para sí todo el rato con un aspecto increíblemente serio y majestuoso: «*Mademoiselle* Blanche duplacet! Blanche du-Placet! Du-Placet! ¡Señorita Blanche du-Placet!...». Y en su rostro brillaba cierta arrogancia. En la iglesia, el ayuntamiento y más tarde en la casa para el banquete no solo estaba feliz y satisfecho, sino incluso orgulloso. Algo había cambiado en los dos. Blanche comenzó también a asumir cierta dignidad.

—Ahora tengo que comportarme de un modo completamente distinto —me dijo extremadamente seria—; *mais vois-tu,* no había caído en un desagradable detalle; imagínate, todavía no he conseguido aprenderme mi nuevo apellido. Zagorianski, Zagorianski, *madame la générale* de Zago...

---

64 En francés en el original: Muy digno.

65 En francés en el original: Está muy digno a pesar de todo.

Zago..., *ces diables des noms russes, enfin madame la générale* à *quatorze consonnes! Comme c'est agréable, n'est-ce pas?*[66]

Finalmente nos despedimos y Blanche, la tonta de Blanche, echó unas lagrimitas al despedirse. «Tu étais *bon enfant* —me dijo lloriqueando—. *Je te croyais bête es tu en avais l'air*,[67] pero te sienta bien». Y cuando me estaba apretando la mano antes de partir, de pronto exclamó: «*Attends!*», se lanzó sobre su tocador y al minuto me trajo dos billetes de mil francos. ¡Yo no me lo podía creer! «Te harán falta; puede que seas un *outchitel* muy sabio, pero eres terriblemente tonto. No te voy a dar más de dos mil porque lo vas a perder de todas formas. ¡Bueno, adiós! *Nous serons toujours bons amis,* y si vuelves a ganar ven a verme sin falta, *et tu seras heureux!*».[68]

Me quedaban todavía quinientos francos, además de un reloj estupendo que valdría unos mil francos, unos gemelos de brillantes y algunas otras cosas, así que podía vivir un buen tiempo sin preocuparme de nada. Me vine a propósito a esta pequeña ciudad para recuperarme y, lo más importante, para esperar a *mister* Astley. He sabido que va a pasar por aquí y que se quedará un día por negocios. Me enteraré de todo... y después, después a Homburg. A Ruletemburgo no iré hasta el año que viene. Dicen, de hecho, que da mala suerte probar dos veces seguidas en la misma mesa; y en Homburg se juega de verdad.

---

66   En francés en el original: Pero sabes [...] La señora del general Zago... Zago..., estos malditos nombres rusos, en fin, la señora del general con catorce consonantes. ¡Qué bonito!, ¿no?

67   En francés en el original: Eres un chico muy bueno... Yo creía que eras tonto y eso es lo que parecías.

68   En francés en el original: Siempre seremos amigos [...] y serás feliz.

CAPÍTULO XVII

HACÍA ya un año y ocho meses que no miraba estas notas hasta que ahora, triste y amargado, con la intención de distraerme las he leído por casualidad. Me había quedado en que iba a ir a Homburg. ¡Dios! ¡Con qué relativa alegría escribí entonces esas últimas líneas! ¡Mejor dicho, más que con alegría, con confianza en mí mismo, con una firme esperanza! ¿Acaso dudaba de mí mismo? ¡Ha pasado algo más de año y medio y creo que me encuentro mucho peor que un mendigo! Pero ¡qué mendigo! ¡Me importa un comino la pobreza! ¡Simplemente estoy acabado! Por otro lado, ni con un mendigo me puedo comparar y ¡no tiene sentido darse golpes en el pecho! ¡Nada podría resultar más absurdo que la moral en estos momentos! Oh, esa gente pagada de sí misma. ¡Con qué orgullosa jactancia están siempre dispuestos a darte lecciones esos charlatanes! Si supieran hasta qué punto soy consciente de lo repugnante que es mi actual situación, de seguro que no se atreverían a darme lecciones. Pero ¿qué podrían decirme que sea nuevo, que no sepa? ¿Y acaso eso importa? En realidad, lo importante aquí es que basta una sola vuelta de la ruleta para que todo cambie y (estoy convencido de ello) esos mismos moralistas serían los primeros en venir a felicitarme con cordiales bromas. Y no me darían la espalda como hacen ahora. Pero ¡qué me importan a mí! ¿Qué soy ahora? Un *zéro*. ¿Qué puedo ser mañana? ¡Mañana puedo resucitar de entre los muertos y comenzar a vivir de nuevo! Puedo sacar al hombre que llevo dentro, ¡todavía no está acabado!

Efectivamente, fui a Homburg desde París, pero... después volví a visitar Ruletemburgo, estuve en el balneario, estuve incluso en Baden, donde fui como ayuda de cámara del consejero Hinze, un miserable que fue mi patrón aquí. ¡Sí, fui sirviente durante cinco largos meses! Eso fue inmediatamente después de salir de la cárcel. (Porque estuve en la cárcel en Ruletemburgo por una deuda. No sé quién me sacó de allí, ¿quién pudo haber sido? ¿*Mister* Astley? ¿Polina? No lo sé, pero alguien pagó la deuda, un total de doscientos táleros y salí en libertad). ¿Adónde podía ir? Así que entré al servicio de ese tal Hinze. Es joven y voluble, le gusta remolonear y yo sé hablar y escribir en tres idiomas. En un principio entré a trabajar a su servicio como una especie de secretario, por trece *gulden* al mes. Pero acabé como un auténtico lacayo. No tenía dinero para mantener a un secretario, así que me redujo el sueldo. Yo no tenía adónde ir, así que me quedé y me convertí en su lacayo por decisión propia. Con lo que me pagaba, no me llegaba para comer ni para beber, pero aun así fui capaz de ahorrar setenta *gulden* en cinco meses. Una tarde en Baden, le dije que quería despedirme y esa misma noche fui a la ruleta. ¡Oh, cómo me latía el corazón! No, ¡no era el dinero lo que ansiaba! En aquel momento, solo quería que al día siguiente todos esos Hinze, todos esos camareros jefe, todas esas suntuosas damas de Baden, todos hablaran de mí, que contaran mi historia; quería sorprenderlos a todos, que me alabaran y se inclinaran ante mí por haber vuelto a ganar. Puede que no fueran más que sueños y preocupaciones infantiles, pero... quién sabe, tal vez me encontrara con Polina y le contara, que ella viera, que yo estoy por encima de todos esos absurdos reveses del destino... ¡Oh, no es el dinero lo que ansío! Estoy convencido de que los volvería a malgastar con alguna Blanche y me iría de nuevo a París tres semanas en un par de caballos propios de dieciséis mil francos. Estoy convencido de que no soy avaricioso, creo incluso que soy derrochador, pero, por otro lado, siento que tiemblo y desfallezco cuando escuché al crupier gritar: «*trente et un, rouge, impaire et passe*», o

«quatre, noir, pair et manque!». Con qué avidez miro los montones de monedas de oro esparcidos por la mesa de juego, cómo caen bajo la paleta del crupier desparramados en montones ardientes como el fuego o se alzan en columnas de plata de casi un metro alrededor de la ruleta. Ya acercándome a la sala de juego, aunque haya dos habitaciones de por medio, me entran escalofríos solo con escuchar el tintineo del dinero.

Ah, esa tarde en que llevé mis setenta *gulden* a la mesa de juego también fue memorable. Comencé con diez *gulden* y de nuevo jugué al *passe*. Tengo una debilidad por el *passe*. Perdí. Me quedaban sesenta *gulden* de plata en monedas. Pensé y me decanté por el *zéro*. Comencé apostando cinco *gulden* al *zéro* de una vez. A la tercera apuesta de pronto salió el *zéro;* casi me muero de felicidad al recibir los ciento setenta y cinco *gulden*. No había sentido tanta felicidad ni siquiera cuando gané aquellos cien mil *gulden*. Acto seguido aposté cien *gulden* al *rouge* y salió. Los doscientos al *rouge* y salió. Los trescientos al *noir* y salió. Puse los ochocientos a *manque* y salió. Contando lo anterior, había reunido mil setecientos *gulden* ¡en menos de cinco minutos! Sí, ¡en esos instantes te olvidas de todos tus infortunios anteriores! Porque esto lo había ganado arriesgando algo más que la vida; me había atrevido a arriesgar ¡y de nuevo podía contarme entre los hombres!

Cogí una habitación, me encerré y estuve alrededor de tres horas contando mi dinero. Por la mañana, al despertarme, ya no era un siervo. Decidí ir a Homburg ese mismo día. Allí no había servido de lacayo ni había estado en la cárcel. Media hora antes de que saliera el tren fui a hacer solo dos apuestas, solo dos, y perdí mil quinientos florines. A pesar de eso salí hacia Homburg y hace ya un mes que estoy aquí...

Vivo, por supuesto, en una alarma constante, juego apuestas mínimas y sigo esperando a que suceda algo. Calculo, me paso días enteros junto a la mesa y observo el juego, incluso sueño con él; y tengo la sensación de haberme entumecido, de haberme hundido en un pantano. Esa fue la impresión que me quedó después de encontrarme con *mister* Astley. No nos veíamos desde aquella última ocasión y nos encontramos por casualidad. Sucedió del siguiente modo: yo paseaba por el parque pensando que estaba a punto de quedarme sin dinero, aunque todavía tenía cincuenta *gulden*

y tres días antes había pagado la cuenta del hotel donde alquilaba un cuchitril. Así que solo tenía una oportunidad para ir a la ruleta; si ganaba, por poco que fuera, puede que continuara el juego; si perdía, tenía que volver a servir de lacayo, a no ser que encontrara inmediatamente a algún ruso que necesitara un profesor. Enfrascado en estos pensamientos recorría, como cada día, el parque y el bosque hacia el principado vecino. Había días que pasaba así hasta cuatro horas y regresaba a Homburg cansado y hambriento. Nada más salir del jardín en dirección al parque me topé con *mister* Astley, que estaba sentado en un banco. Él me reconoció primero y me llamó. Me senté a su lado. Como noté en él cierta gravedad, moderé inmediatamente mi alegría, aunque en realidad estaba enormemente feliz de habérmelo encontrado.

—¡Así que aquí está! Sabía que le encontraría —me dijo—. No se moleste en contarme nada. Lo sé todo, lo sé todo. Conozco al detalle toda su vida en este año y ocho meses.

—¡Bah! ¡Veo que no se olvida de los viejos amigos! —contesté—. Eso le honra... Espere, esto me recuerda... Por cierto, ¿no sería usted quien me sacó de la cárcel de Ruletemburgo donde estaba por una deuda de doscientos *gulden*? No sé quién pagó la fianza.

—No, no, oh no, yo no le saqué de la cárcel de Ruletemburgo por esa deuda de doscientos *gulden,* pero sí sabía que estaba en la cárcel por deudas.

—Eso quiere decir que sabe quién pagó mi deuda.

—Oh, no, no puedo decir que sepa quién le sacó.

—Es extraño. Ningún ruso me conocía aquí; además, ninguno de los que están por aquí me habría sacado. Eso no sucede más que en Rusia, ortodoxos que pagan las deudas de otros ortodoxos. Y yo que había pensado que había sido cualquier inglés loco por pura excentricidad.

Mister Astley me escuchaba con cierta sorpresa. Parecía como si esperara encontrarme abatido y destrozado.

—Por cierto, me alegra mucho comprobar que conserva su independencia de espíritu, y hasta su alegría —dijo con un gesto de cierto desagrado.

—Es decir, que por dentro está rabiando del enfado —le dije riéndome.

Tardó en entenderme, pero cuando lo entendió, sonrió.

—Me gustan sus observaciones. Reconozco en estas palabras a mi viejo e inteligente amigo de antaño, entusiasta y cínico. Solo los rusos pueden juntar en una misma persona tantas contradicciones a un tiempo. Es cierto que a la gente le gusta ver a su mejor amigo humillado delante suyo. La amistad se basa en gran parte en la humillación. Y esto es una vieja verdad que la gente inteligente conoce. Pero, en este caso, le aseguro que me alegro sinceramente de que no esté desanimado. Dígame, ¿no ha pensado en dejar el juego?

—¡Oh, al diablo con él! Lo puedo dejar en cualquier momento, tan solo...

—¿Tan solo debe recuperar lo que ha perdido? Eso pensaba. No siga, sé que lo dijo sin pensar y por lo tanto dijo la verdad. Dígame, ¿además del juego, no se dedica a nada más?

—No, a nada...

Empezó a hacerme preguntas. Yo no podía responder a ninguna, casi no leía los periódicos y no había abierto un solo libro en todo ese tiempo.

—Se ha anquilosado —señaló—. No solo ha renunciado a la vida, a sus intereses personales y sociales, a sus deberes como ser humano y ciudadano, a sus amigos (porque los tenía, a pesar de todo), ha renunciado a cualquier otra meta que no sea ganar, ha renunciado incluso a sus recuerdos. Tengo una imagen de usted en el momento más intenso y fuerte de su vida. Pero estoy convencido de que ha olvidado las mejores sensaciones de aquel entonces. Sus sueños, sus deseos actuales, los más inmediatos, no van más allá del *impair, rouge, noir,* los doce números medios, etcétera, etcétera. ¡Estoy convencido!

—Basta, *mister* Astley, por favor, por favor, no haga memoria —le grité enfadado, casi con rabia—. Sepa que no he olvidado absolutamente nada. Simplemente he expulsado temporalmente todo eso de mi cabeza, incluso los recuerdos, hasta que mi situación no mejore radicalmente. Entonces verá, ¡resucitaré de entre los muertos!

—Dentro de diez años seguirá aquí —dijo—. Le hago una apuesta: le recordaré esto mismo, si sigue vivo, en este mismo banco.

—Bueno, basta con eso —le interrumpí impaciente—. Y para demostrarle que no soy tan olvidadizo con el pasado, dígame... ¿Dónde está *miss*

Polina? Si no fue usted quien pagó mi fianza, tuvo que ser ella. Desde entonces no he tenido ni la más mínima noticia de ella.

—¡No, oh, no! No creo que fuera ella quien pagara su fianza. Ahora se encuentra en Suiza y me haría un gran favor si dejara de preguntarme por *miss* Polina —dijo con decisión, casi enfadado.

—¡Eso significa que a usted también le hizo daño! —me reí sin querer.

—*Miss* Polina es la mejor de entre las más dignas personas, pero le repito que me haría un inmenso favor si dejara de preguntarme por ella. Usted nunca la conoció y considero una ofensa para mi moral escuchar su nombre en labios de usted.

—¡Vaya, vaya! Pues se equivoca. ¿De qué otra cosa podemos hablar usted y yo, dígame, si no? Todos nuestros recuerdos consisten en eso en realidad. Pero no se preocupe, no necesito conocer sus secretos… Solo me interesa, por decirlo así, la situación externa de *miss* Polina, sus circunstancias actuales. Eso se puede comunicar en dos palabras.

—Permítame que termine pues con esas dos palabras. *Miss* Polina estuvo enferma mucho tiempo. Actualmente sigue enferma. Durante algún tiempo vivió con mi madre y mi hermana en el norte de Inglaterra. Hace medio año, su abuela, ¿recuerda a la vieja loca?, murió y le dejó el equivalente a siete mil libras. *Miss* Polina ahora está de viaje con la familia de mi hermana, que se ha casado. Su hermano y su hermana también recibieron parte de la herencia de la abuela y estudian en Londres. El general, su padrastro, murió hace un mes en París de una apoplejía. *Mademoiselle* Blanche lo trataba bien, pero consiguió quedarse con todo lo que heredó de la abuela… Creo que eso es todo.

—¿Y Des Grieux? ¿No viaja también por Suiza?

—No, Des Grieux no viaja por Suiza y no sé dónde se encuentra. Además, le advierto de una vez por todas que evite ese tipo de insinuaciones y comparaciones indecorosas. Si no, tendrá que vérselas conmigo inmediatamente.

—¡Cómo! ¿A pesar de nuestra antigua amistad?

—Sí, a pesar de nuestra antigua amistad.

—Le pido mil perdones, *mister* Astley. Pero permítame decirle que no hay nada ofensivo ni deshonesto, yo no culpo de nada a *miss* Polina. Además de que un francés y una doncella rusa, hablando en términos generales, forman

una combinación, *mister* Astley, que ni a usted ni y a mí nos es dado entender por completo.

—Si promete no volver a mencionar el nombre de Des Grieux junto a ese otro nombre, le pediría que me explicase lo que entiende usted por la expresión «un francés y una doncella rusa». ¿A qué tipo de «combinación» se refiere? ¿Por qué precisamente un francés y una doncella rusa?

—¿Lo ve? Se ha interesado. Pero este es un tema que da para mucho, *mister* Astley. Para empezar, hay que tener en cuenta varios factores. Y, aunque a primera vista parezca de risa, es una cuestión importante. Un francés, *mister* Astley, es un producto hermoso y refinado. Usted es británico, puede no estar de acuerdo con esto. Yo, como ruso, tampoco estoy de acuerdo, aunque quizás no sea más que por envidia. Pero puede que nuestras doncellas tengan otra opinión. Puede que usted encuentre a Racine antinatural, deformado y relamido, seguramente ni siquiera tenga la intención de leerlo. Yo también lo encuentro antinatural, deformado y relamido, en cierto sentido incluso divertido, pero es delicioso, *mister* Astley, y, lo más importante, es un gran poeta, lo queramos o no. Los modales nacionales franceses, es decir, parisinos, comenzaron a pulirse cuando nosotros todavía éramos osos. La revolución los heredó de la nobleza. Ahora hasta el francesito más vulgar puede tener unas maneras, unos modales, expresiones e incluso unos pensamientos completamente refinados, sin que haya contribuido a ello ni por iniciativa propia, ni con el alma, ni con el corazón; todo esto le ha venido dado como herencia. En sí mismos, los franceses pueden ser lo más vacío y vulgar que uno se pueda encontrar. Pero, *mister* Astley, también le digo que no hay ser en el mundo más crédulo y sincero que una doncella rusa buena, inteligente y no demasiado afectada. Un Des Grieux cualquiera que se presente enmascarado bajo cualquier apariencia puede conquistar su corazón con increíble facilidad. Posee un aspecto refinado, *mister* Astley, y la dama confunde esa apariencia con el alma en sí, con el aspecto natural de su alma y de su corazón, y no lo ve como un ropaje que ha heredado. Por mucho que a usted le resulte desagradable, debo decirle que los ingleses en su mayor parte son torpes y toscos y los rusos son bastante hábiles para reconocer la belleza, a la que son muy sensibles. Pero para ser capaz de distinguir la belleza del alma y una personalidad original hace falta mucha más libertad e independencia de la que tienen nuestras mujeres, más aún las doncellas, y por supuesto, en cualquier caso, más experiencia. *Miss* Polina, perdóneme pero lo dicho, dicho está, necesitó mucho, mucho tiempo para decidir si le prefería a usted o al canalla de Des Grieux. A usted le apreciará, se hará amiga suya, le abrirá su corazón, pero, a pesar de todo, en él seguirá reinando ese odioso canalla, ese ruin usurero de tres al cuarto de Des Grieux. Y así seguirá siendo, por decirlo de alguna manera, por pura cabezonería y amor propio, porque ese mismo Des Grieux se le apareció en cierto momento con la aureola de un refinado marqués, un liberal desencantado que (decía) se había arruinado ayudando a su familia y al cabeza loca del general. Todas estas tretas han quedado al descubierto más tarde. Pero da igual, devuélvale al Des Grieux de antes, ¡eso es lo que ella necesita! Y cuanto más odie al Des Grieux de ahora, más añorará al de antes, aunque no existiera más que en su imaginación. ¿Usted fabrica azúcar, *mister* Astley?

—Sí, tengo participaciones en la conocida fábrica de azúcar Lowell and Company.

—Pues mire, *mister* Astley. Ser fabricante de azúcar y el Apolo de Belvedere al mismo tiempo son dos cosas que no combinan del todo bien. Y yo ni siquiera soy un fabricante de azúcar, sino un jugador de ruleta que incluso ha sido lacayo, lo que probablemente ya sabe *miss* Polina, porque está visto que tiene una buena policía.

—Está furioso y por eso dice todas esas tonterías —dijo con serenidad *mister* Astley después de pensar un segundo—. Además, en sus palabras no hay nada original.

—¡Estoy de acuerdo! Pero eso es lo terrible, mi noble amigo, que todas esas acusaciones mías, por muy viejas, por muy ruines, por muy vodevilescas que sean, ¡siguen siendo ciertas! ¡Después de todo ni usted y ni yo hemos conseguido nada!

—Esto es una repugnante tontería... porque, porque... ¡sepa usted! —dijo *mister* Astley con la voz temblorosa y los ojos brillantes—, sepa usted, ser indigno, innoble, ruin y desgraciado, que vine a Homburg por expresa petición suya, para verle, para hablar con usted largo y tendido de forma

cordial y después contarle a ella todo; ¡sus sentimientos, pensamientos, es-peranzas... recuerdos!

—¿De veras? ¿De veras? —grité, y al instante un torrente de lágrimas brotó de mis ojos. No pude contenerlas y creo que fue la primera vez que algo así me pasaba en la vida.

—Sí, desgraciado, ella le amaba, ¡y puedo revelárselo porque está usted acabado! ¡Da igual que le diga ahora que ella le sigue amando, porque se quedará usted aquí igualmente! Sí, se ha destrozado a sí mismo. Tenía usted ciertas capacidades, un carácter vivo y no era nada tonto. Podría haber sido usted incluso un miembro útil a su patria, que tanto necesita gente vá-lida, pero se quedará usted aquí y aquí acabará su vida. No le culpo. En mi opinión, todos los rusos son así o tienden a serlo. Si no es la ruleta, será otra cosa parecida. Hay muy escasas excepciones. No es usted el primero que no entiende lo que es el trabajo (y no hablo del pueblo ruso). La ruleta es un juego predominantemente ruso. Hasta ahora, usted era honrado y ha preferido servir como criado que robar... pero me da miedo pensar en lo que puede suceder en el futuro. Pero basta, ¡me despido! Necesitará dinero por supuesto. Tengo diez luises de oro para usted; más no le voy a dar porque de todas formas lo va a perder. ¡Tome y adiós! ¡Tómelos!

—No, *mister* Astley, después de todo lo que acaba de decirme...

—¡Tó-me-los! —me gritó—. Estoy convencido de que sigue siendo una persona noble y se los doy como un verdadero amigo. Si pudiera estar segu-ro de que iba a dejar el juego ahora mismo, de que abandonaría Homburg y de que regresaría a su país, estaría dispuesto a darle inmediatamente mil libras para que comenzara una nueva vida. Pero precisamente por eso no le doy mil libras y solo le doy diez luises de oro, porque mil libras y diez lui-ses de oro ahora mismo para usted son exactamente lo mismo, los perdería igual. Tómelos y adiós.

—Los tomo si me permite darle un abrazo de despedida.

—¡Oh, eso, con mucho gusto!

Nos abrazamos con fuerza y *mister* Astley se fue.

No, ¡no tenía razón! Si yo había sido duro y estúpido con Polina y Des Grieux, él había sido duro y ligero con los rusos. No hablo de mí. Sin embargo, sin embargo... no se trata de eso ahora. Todo esto no son más que palabras, palabras y palabras ¡y hacen falta hechos! ¡Ahora lo importante es Suiza! Mañana mismo, ¡oh, si mañana mismo pudiera recuperarme! Renacer, volver a la vida. Tengo que demostrarles... Que Polina sepa que todavía puedo ser una persona. Si solo... ahora, en cualquier caso ya es tarde, pero mañana... ¡Oh, tengo un presentimiento y eso solo puede significar una cosa! Ahora tengo quince luises de oro y ¡empecé con quince *gulden*! Si comienzo con cuidado... pero acaso, ¡acaso soy un crío! ¿Es que no he entendido que estoy acabado? Pero ¿por qué no puedo volver a la vida? ¡Sí! Basta con ser perseverante y paciente una vez en la vida y... ¡eso es todo! Basta con mantenerse firme una vez y... ¡en una hora puedo hacer que el destino cambie! Lo importante es la firmeza de carácter. Basta recordar lo que me sucedió hace unos siete meses en Ruletemburgo antes de caer de forma definitiva. Oh, eso sí que fue un caso admirable de firmeza. Lo había perdido todo, todo... Salí del casino, me registré los bolsillos y vi que todavía tenía un *gulden*. «¡Eso significa que todavía tengo con qué comer!», pensé, pero después de andar cien pasos, lo pensé mejor y me di la vuelta. Aposté ese *gulden* a *manque* (esa vez salió *manque*) y sin duda es una sensación muy extraña la de estar solo en una tierra extranjera, lejos de la patria, de los amigos y sin saber si uno comerá ese día, y apostar el último *gulden*, sí, ¡el último, último! Gané y veinte minutos después salí del casino con ciento setenta *gulden* en el bolsillo. ¡Así mismo fue! ¡Esto es lo que a veces puede significar el último *gulden*! ¿Y qué habría pasado si me hubiera desanimado en ese momento y no me hubiera decidido?

¡Mañana, mañana terminará todo!